PARTHENIA

De la même autrice

Les Oiselles sauvages, Julliard, 2021.

Pauline Gonthier

PARTHENIA

Roman

Éditions
..... les .....
Léonides

Pauline Gonthier est représentée par l'agence Catherine Nabokov
et Linwood Messina Literary Agency

Dépôt légal : août 2025
ISBN : 978-2-488335-05-8

« Je préfère être cyborg que déesse. »

Donna J. Haraway,
« A cyborg manifesto »,
The Berkeley Socialist Review (1985)

Un lit king size aux draps clairs encastré dans une bibliothèque noire. Une lumière vive et mordante qui magnifie les contrastes. Dans le cadre de la porte-fenêtre entrouverte sur un minuscule balcon, une silhouette de femme. Dans l'ombre, immobile et vêtu – costume marine, chemise bleu ciel –, un corps allongé. Immobile, ce corps, mais non inerte : la poitrine se soulève, si l'on regarde bien, et des narines s'échappe un léger sifflement. Les poings de l'homme – il s'agit d'un homme – sont liés. Sa bouche, bâillonnée ; ses yeux, couverts d'un bandeau noir.

Assise sur une chaise dans une semi-obscurité, à l'écart de la couche et du balconnet, une troisième personne observe.

La femme termine une cigarette. Les deux fossettes creusées de part et d'autre du fin cylindre trahissent son impatience.

L'homme se débat. Tente avec obstination de faire céder les cordelettes autour de ses chevilles et poignets. C'est ridicule, pense-t-elle ; ce doit être instinctif. Après une longue minute à remuer, il hurle. Les décibels s'évanouissent dans le torchon.

Elle propulse son mégot d'un geste sec au-dessus du balcon. S'approche. Hésite à ôter le foulard. La cécité décuple l'angoisse mais il reconnaîtra sa voix de toute façon, et ne rien dire est impossible – torturer en silence gâcherait trop son plaisir. Elle dénoue le bandeau.

Il la fixe, ahuri.

Elle se penche vers un sac de sport dont elle ressort un long couteau. Laisse un rayon de soleil s'y réfléchir, maîtresse de sa mise en scène.

Il la regarde avec effroi : au centre d'un visage impassible, les yeux translucides de la jeune femme brillent d'une lueur étrange.

Elle repose son arme.

Se penche à nouveau, pour extraire à présent du sac de grandes aiguilles luisantes. Treize en tout : une pour chacun de ses orifices et extrémités. Elle repense à l'image de cette dagyde antique, une femme agenouillée et ligotée, percée de treize épingles, retenue prisonnière dans une vitrine du Louvre. Une sorte de poupée vaudou.

À son tour d'exorciser.

Elle brandit enfin un flacon aux formes sinueuses, d'un verre épais, surmonté d'un bouchon sculpté – une tête de créature mythologique, semble-t-il. Elle le dépose sur un plateau, à sa droite, puis en contemple les reflets changeants, nuances de bleu profond ou de vert émeraude en fonction de la lumière.

Il respire difficilement. Commence à pleurer.

Elle sait qu'elle ne doit pas faiblir. Rester sourde à la compassion.

Elle a appris, à force de le regarder faire.

ACTE 1

παρθενία

Au commencement, un lien posté dans une conversation *World of Warcraft*. Un joueur s'interroge sur les meilleures techniques de drague pour reconquérir une ex. Adresse URL à l'appui, un autre recommande d'abandonner l'idée.

Baptiste clique, concerné par l'affaire. Une page au fond noir bariolé de couleurs criardes. Partout, des lettres majuscules et un déluge de points d'exclamation.

La thèse défendue par un certain Calimero77 est la suivante : « Elle a trouvé mieux ailleurs, khey !! Même si elle revient vers toi, elle te quittera dans quelques mois pour un Chad… NE TE LAISSE PAS BAISER DEUX FOIS !!! »

Il écrase son mégot, s'en allume une deuxième, se lève pour entre-ouvrir la porte-fenêtre – en nage, déjà – et reprend place devant l'écran. Dans le fil des commentaires, des insultes, de longues tirades contre ces « petites putes de féministes », une abondance de smileys figurant des grenouilles goguenardes, des pilules rouges, bleues, noires. Plus bas, son regard s'arrête à nouveau sur un post de Calimero77 qui développe son conseil : « Laisse tomber ton romantisme, khey. Elles ne veulent que ta bite et ton fric. Travaille plutôt ta VSM si tu veux pas finir solo. » 1 562 likes. S'ensuivent trois pages de commentaires que Baptiste ne lira pas.

Il scrolle et trouve, tout en bas, des liens vers d'autres posts :

[Blackpill] Pourquoi nos ancêtres avaient raison de se foutre du consentement

[Vérité] D'après cette étude, les femmes sont programmées pour tromper

[Théorie] La jeune fille et le hamster

[Science] La loi de Juggernaut confirmée par de nombreuses études : les femmes laides baisent davantage

[Théorie] La tragédie du 80/20

[Redpill] Les femmes prennent davantage de risques sexuels quand elles voyagent

[Science] Le mythe de l'inégalité salariale

[Théorie] La règle des 3 secondes

Il se lève à nouveau pour brancher le ventilateur. Les pales restent immobiles – sans surprise, trois semaines que l'appareil ne fonctionne plus que par intermittence. Un faux contact probablement. Sa mère a insisté plusieurs fois pour qu'il le rapporte au magasin. Elle ne comprend pas qu'il ne se donne *même pas cette peine-là*, avec cette chaleur à crever ; elle aimerait bien comprendre un jour ce qu'il peut bien faire de ses journées. Baptiste laisse couler. De toute façon, il n'a plus le ticket de caisse. Et peut-être qu'il va remarcher, qui sait, à force.

Il s'affale dans son canapé et reprend son exploration. Il navigue d'une conversation à l'autre, bute sur les mots, en saisit à peu près le sens : VSM, Chad, Normie, IRL, redpill, bluepill, betabux.

Il cherche à en traduire certains. VSM pour *value on sexual market*. IRL pour *in real life*. Betabux, pour *beta bucks*. Cette dernière traduction ne l'aide pas.

La plupart des posts le font sourire, il en apprécie les sarcasmes. Mais tout de même : ils exagèrent. Ne disent pas non plus que des conneries. Par exemple – simple exemple –, c'est vrai que les filles choisissent d'aller en psycho ou en fac de lettres alors que ça rapporte que dalle. Personne ne les force après tout. Les mecs choisissent les maths, et les maths rapportent plus. Elles n'ont qu'à faire pareil plutôt que de crier au scandale des inégalités salariales. Jérôme, avec qui il a déjà eu plusieurs fois cette conversation, évoque des différences de cerveau. Baptiste a du mal à y croire, en tout cas pas sans exception puisque les compétences scientifiques de sa sœur excèdent largement les siennes.

Il se demande à quoi ressemblent les mecs de l'autre côté. Il se les représente à son image, affalés dans un canapé à l'odeur âcre avec un T-shirt *Naruto* délavé déjà porté la veille (sans job ni meuf, pourquoi devraient-ils en changer ?), le visage encore marqué par les traces du sommeil, avec toute la négligence qu'autorise une journée passée derrière un écran vingt-sept pouces.

Un clic plus tard, il lit :

[Redpill] La vérité sur les femmes.

Tout ce qu'une femme fait, dans n'importe quelle situation, qu'elle pleure, se plaigne, crie, rie, pose des questions, fasse des promesses, jusqu'à sa façon de s'habiller, d'aider les hommes, de jouer les victimes ou de faire semblant de se blesser, tout cela est un MENSONGE. Même lorsqu'elle prétend être sincère. SURTOUT quand elle prétend être sincère.

Tout ce que la femme fait, elle le fait pour elle-même. Ne l'oubliez jamais. Quand elle aide son propre enfant, c'est pour recevoir quelque chose en retour. Il n'y a que les hommes qui sont capables de donner de façon inconditionnelle.

Lorsqu'une femme sort avec un Chad, elle ne l'aime pas : c'est uniquement en raison de son amour pour elle-même et dans l'espoir d'améliorer son patrimoine génétique ; et pour le fun aussi, ainsi que pour s'assurer une sécurité matérielle. S'il la largue, elle pourra toujours se mettre avec un pigeon de betabux dont elle utilisera l'argent. TOUT EST INTÉRESSÉ, IL N'Y A JAMAIS DE JOIE MUTUELLE.

Je me demande si la prostitution n'est pas autorisée juste pour faire croire qu'il y a une différence entre les putes des rues et les femmes « normales », pour que les hommes imaginent que les femmes « normales » ne sont pas des tchoins – et, au final, ça rapporte aussi de l'argent à l'État.

En réalité, les femmes qui ne sont pas des putes sont bien plus déviantes et vicieuses. Les putes sont honnêtes à propos de leur intérêt personnel. Les putes domestiques, celles qui dorment sous nos toits, ne le sont pas, ce qui est bien pire. LES PUTES DES RUES SONT DES AMATEURS, LES PUTES DOMESTIQUES DE VRAIES PROFESSIONNELLES.

TOUT EST INTÉRESSÉ, IL N'Y A JAMAIS DE JOIE MUTUELLE. Il repense à la façon dont S. s'est conduite au cours des derniers mois. *S comme salope*, il l'a gravé au Bic noir sur son tapis de souris – en pleine tourmente sentimentale, on ne fait pas dans la dentelle. Lui n'a rien à se reprocher : des roses par douzaines, des bijoux, un sac en cuir, une invitation dans un resto « menu unique », le tout payé en se cassant le dos dans de minables missions d'intérim. Gentleman parmi les gentlemen.

Avec amertume il ressasse les archives de sa tendresse.

Cinq ans. Cinq ans, soit la moitié de sa vie d'adulte s'il en finissait maintenant, option non exclue à considérer le merdier qu'est devenue son existence. C'est toujours le même tarif, de toute façon, pour les canards de son espèce. Il le sait bien à force – ce qui ne l'empêche pas de recommencer.

Elle a fini par le tromper avec un mec de son cabinet dentaire dont elle n'a pas voulu donner le nom. Son boss sûrement. Il a toujours pensé qu'elle le quitterait pour un vieux riche aux dents détartrées et bien alignées, à l'opposé des siennes, jaunies par la nicotine, ordonnées très libéralement.

Elle a profité de lui. Bien profité même, la pute. Aucune joie mutuelle, le mec n'a pas tort, il aurait aimé le lire avant. Ce n'est pas la première fois qu'il subit les revers de son romantisme.

Ses yeux commencent à brûler. Il retourne ses poches : rien. Il aurait juré pourtant qu'il lui restait de quoi rouler. Rien non plus dans le pot de gel, rien sous l'évier, plus une miette dans son tube de secours, aussi vide que son compte en banque. *C'est pas plus mal, cette merde, ça rend con*, commente la voix de S. depuis le backstage de son cerveau. Ta gueule.

Peut-être que Jérôme a raison, qu'il devrait adopter une poule. C'est affectueux, une poule. Pas envahissant. Ça pond sans emmerder personne. Un meilleur deal que S. au fond. Elle pourrait vivre sur le balcon, dont les dalles disparaissent désormais sous les chiures indélébiles des pigeons. Sa mère a bien tenté de le verdir au départ, en lui offrant des pieds de tomate et de basilic peu après son emménagement. Sa manière à elle de prendre soin de lui sans doute. Tout avait cramé au bout d'une semaine.

Maintenant qu'il y pense, Jérôme avait aussi raison à propos de S. Il l'avait prise en grippe dès le départ et avait conseillé à Baptiste de faire gaffe, pour ne pas se laisser bouffer par « une fille comme ça ». À l'époque il s'était moqué de ses alertes, Jérôme ignorant tout des « filles comme ça », comme des filles tout court. Jérôme, jaloux, le préfère célibataire. S. le lui rendait bien qui le surnommait « le petit gras », doublé mesquin contre son physique et son patronyme, Legras. Baptiste avait privilégié son couple et ghosté sans scrupules son vieux copain. Il l'avait rappelé aussitôt célibataire.

Il avale un Doliprane codéiné et se résout à sortir. Dans la cage d'escalier, le voisin du deuxième et sa bande bloquent le passage. Baptiste slalome, mâchoire serrée, agacé de devoir les enjamber, trop craintif pourtant pour l'ouvrir – ces mecs-là ont toujours du renfort à l'arrière. Lui se sait seul, sans cousin ni grand frère ; ou presque seul mais Jérôme n'a pas tout à fait la carrure d'un Zlatan. Et puis il pourrait avoir besoin d'eux à l'occase pour se réapprovisionner, surtout si les flics continuent de multiplier leurs descentes cité Voltaire. Il laisse glisser un timide bonjour entre ses incisives. Les gosses lui répondent ; l'un d'eux lui assène sans y penser un violent coup de vieux en le gratifiant d'un « m'sieur ».

Sur l'esplanade Maurice-Thorez, un homme dessine des cercles avec un MBK puis s'arrête pour se pencher sur le pot d'échappement. En relevant la tête il aperçoit Baptiste et lui fait signe d'approcher :

— Baptiste ! Drôle de te voir ici. Ça va ?

Après quelques secondes d'hésitation, Baptiste reconnaît Fayçal. Quelques traits blancs épars sur sa chevelure réglisse, les traits plus creusés que dans son souvenir, la même dégaine en revanche qu'à leur adolescence, sweat Adidas, casquette Gucci – contrefaite, à l'époque.

Fayçal et lui ont été deux ans dans la même classe, en sport-études foot. Une idée du maire communiste pour envoyer des jeunes du club de la cité Voltaire dans un établissement des beaux quartiers. Après avoir tous les deux redoublé leur troisième, le premier est retourné dans son collège de secteur, Baptiste dans le privé.

Fayçal a l'air heureux de le voir. Il frotte ses mains noires dans un torchon pour enlever l'excès d'huile et tend la droite à Baptiste, qui la saisit.

— Tranquille. Toi ?

— Bien, bien… Qu'est-ce que tu fous là, Pikachu ?

Immédiatement, le vieux surnom charrie d'anciens souvenirs : d'un côté Fayçal, un corps d'homme déjà, une voix ancrée dans les graves, des pectoraux saillants sous ses maillots de l'OL, une bande à son image pour lui tourner autour ; de l'autre Baptiste, frêle silhouette sous des T-shirts trop larges, tessiture changeante, imprévisible, milieu de terrain défensif efficace, certes, mais sans charisme. Celui-ci en excès de sébum, celui-là d'adrénaline. À cet âge pourtant, Fayçal l'appréciait et sa protection, que Baptiste présumait fondée sur une fraternité de derniers de la classe, lui valait d'être admis à traîner du bon côté de la cour. Jérôme végétait de l'autre, la tête rentrée dans les épaules, les yeux rivés sur sa Game Boy.

À la fin du collège, ils ne se sont pas tout de suite perdus de vue. Certains mercredis après-midi, ils se retrouvaient dans la zone commerciale des Charmettes, l'un séchant son CAP, l'autre son lycée général, pour fumer du marocain fourni par le frère de Fayçal en commentant le défilé de jeunes mères de famille aux yeux cernés. Et puis Fayçal s'est barré.

— T'étais pas parti ? l'interroge Baptiste.

— Si, et je suis revenu. J'ouvre mon garage. Avec un cousin. Et toi, tu fais quoi ?

Baptiste hésite et détourne les yeux pour gagner du temps. Sauf à considérer que remplir des enquêtes et taguer des images sur Internet pour MTurk et Clickworker s'apparente à un boulot, il ne sait pas trop quoi répondre. Il joue, crame en cigarettes et en shit son RSA, s'achète des coquillettes avec le peu qu'il reste et crèche dans un studio acheté par son père.

— Pas grand-chose. Des petits boulots.

— Et le foot ? Tu joues encore ? l'interroge Fayçal.

— J'ai arrêté. J'ai les genoux pourris, je peux plus trop courir. Heureusement qu'il y a *FIFA*, quoi...

Fayçal sourit à son tour avant de reprendre en silence l'inspection de la moto. Baptiste sort son téléphone puis fait semblant d'entamer la lecture d'un SMS :

— Désolé, faut que je te laisse, j'ai un truc urgent, prétend-il.

— Ça marche. Prends mon numéro, si t'as des potes qui ont besoin d'une réparation...

Après s'être suffisamment éloigné, Baptiste se retourne vers Fayçal. La carrure de son camarade est restée intacte, nerveuse et athlétique, tout en renflements à présent qu'il soulève la roue arrière de la machine.

Baptiste trouve ça bien, garagiste. Pense même que ça pourrait lui plaire. Garagiste c'est utile, c'est physique, pas compliqué à expliquer. Il a toujours voulu un métier qui le rende fier – pas n'importe lequel, et c'est bien là l'embrouille, à moins d'avoir des diplômes ou beaucoup d'argent. Il a pensé un temps à footballeur professionnel : « On choisit pas un métier pour se marrer, Baptiste. Je sais pas sur quelle planète tu vis… » s'était désolé son père. Quand il a lu plus tard des articles concernant les gamers professionnels, il n'a même pas osé en parler. Certaines choses ne s'envisagent pas chez les Loridan.

En attendant, Fayçal, lui, a sûrement une meuf et des mômes, des potes, de quoi se payer des vacances à la mer, ou plus encore s'il a réussi à garder un pied dans le business. Plus certain qu'il accepterait aujourd'hui de le prendre sous son aile.

En remontant la rue Victor-Massé par le trottoir de droite, en plein soleil, vitamine D contre gueule de bois, il aperçoit au premier balcon de la résidence des Cerisiers une petite vieille qui l'observe avec insistance. Il la regarde à son tour, saisi soudain d'une légère sensation de familiarité, tous deux englués dans l'épaisseur de ces après-midis inutiles. À la différence qu'elle n'a plus rien à vivre, pense-t-il. À sa place, il se flinguerait.

Bourgel s'arrête au seuil et, d'une main ferme contre ses reins, l'oblige à le précéder à l'intérieur du restaurant. Il sourit à la brochette de journalistes – un peu trop, pense-t-elle, ça lui donne l'air crispé, mais ce n'est pas le moment de le lui dire.

Son patron soigne son image, même pour la presse locale. Surtout pour la presse locale. À Paris, sa réputation est faite. Il connaît par cœur la meute des commentateurs politiques pour avoir longtemps rongé les mêmes os, dans les rédactions, studios radio, plateaux télé, et ces derniers ne l'en détestent que davantage. Heureusement, une heure de train suffit à lui refaire une virginité.

Elle n'adresse à tous qu'un bref hochement de tête puis gratifie d'un regard appuyé celui-là dont elle connaît la proximité avec le député local. Bourgel lui reprocherait de ne pas. Sans excès, sans sourire, bien sûr : il lui en voudrait tout autant de trop. Elle sait qu'il apprécie cette réserve altière qui la place hors d'atteinte – pas plus qu'un frémissement de lèvres lorsqu'on la complimente avec emphase. Elle n'a pas à se forcer. Elle n'a jamais ressenti ce truc dont se plaignent les autres attachées parlementaires de l'Assemblée, ce sentiment éreintant d'être obligée de paraître agréable. Elles n'auraient pourtant qu'à se rendre indispensables pour s'en dispenser.

Ce soir, la dédicace a eu du succès. Une centaine de personnes, dirait-elle, amassées en une foule dense à l'intérieur de la petite librairie. Pour une ville d'une telle taille et en plein milieu des congés d'hiver, il peut être satisfait. Deux heures durant, il a pu pérorer devant un public acquis – une large majorité d'hommes au mitan de la vie et de retraités, ceux-ci s'extasiant qu'un jeune quinquagénaire énonce avec clarté les horreurs et parjures de la modernité, ceux-là ragaillardis par cette glorification décomplexée de la virilité comme remède aux errements d'une société décadente, ramollie, efféminée. Elle sait combien l'exercice est efficace pour regonfler son amour-propre.

Depuis qu'il s'est enfin décidé à quitter le parti pour jouer la carte du héraut solitaire, le nombre de ses soutiens croît sans faiblir. La preuve s'il en fallait qu'il est infiniment plus doué que ses anciens collègues, clame-t-il, ces insipides ventripotents dépourvus d'audace politique comme d'ambition pour la France, qui lui mangeraient dans la main s'il leur crachait au visage. En cinq siècles, rien n'a changé : il reste plus sûr d'être craint que d'être aimé. Il n'est ni le premier ni le dernier à se réclamer de Machiavel.

Tandis qu'il fanfaronne sur sa chaise pliable, Léa se remémore la trouille qui l'a tenaillé pendant des mois, les colères fulgurantes avant qu'il se décide pour de bon à claquer la porte. Elle sait. Et ça l'amuse pas mal d'être cette fausse spectatrice, qui connaît l'arrière-scène et contribue au scénario.

Ils ont dû pousser fort pour qu'il se jette à l'eau. Après vingt années au parti, il avait fini par s'habituer à tout : aux circonvolutions doctrinales du bureau politique, qu'il avait réussi à intégrer tout jeune en polissant avec ardeur les sabots du bon cheval ; aux jeunes premiers qui se vautraient dans les fauteuils capitonnés du grand salon en citant du Maurras, impétueux, arrogants, sûrs de leur bel avenir – lui, au contraire, avait toujours eu la décence de ne pas convoquer ses idoles pour se donner des airs.

C'était différent avant, au début des années 2000 : les nouveaux venus pleins d'enthousiasme participaient à deux, trois universités, prêtaient leur plume et leur temps libre à l'un des candidats des motions principales tout en acceptant de rester dans l'ombre par respect, ou du moins par loyauté envers les aînés. La plupart en ressortaient lessivés et quittaient alors le paquebot sans demander leur reste, au détriment du renouvellement des générations, à l'avantage de l'influence des plus anciens, dont la sienne. Maintenant, la jeune garde prenait de plus en plus de place, mue par cette sorte de colère impulsive apte à retenir l'attention médiatique, délestée de tout scrupule idéologique – « décomplexée » disait-on – tandis que la loyauté de Bourgel à l'égard de la ligne historique achevait de le ringardiser. Serge, Léa et son cercle rapproché avaient su jouer de ce mélange de jalousie et d'amertume pour le persuader que sa survie supposait de quitter le parti.

Il avait fini par sortir des placards une affaire sur le premier secrétaire, glissée anonymement à la presse, avant de tenir une interview publique pour s'en insurger. La tête haute, il avait assuré rendre sa carte « pour rester fidèle à [ses] idéaux plutôt qu'à de vieilles étiquettes » ; oui, il resterait en politique, bien sûr, la politique était « toute sa vie », il le devait à tous ceux qui avaient cru en lui et endosserait la responsabilité d'ouvrir une nouvelle voie. Avant de conclure avec panache que « tout désespoir en politique était une sottise absolue », fier de ce clin d'œil à Maurras que personne n'avait relevé.

Quel avantage Léa trouvait-elle à cette sécession ? L'adrénaline d'une nouvelle mission et ses nouvelles intrigues. La satisfaction d'accéder enfin au niveau supérieur. Et davantage de liberté aussi puisque son travail ne serait plus soumis aux tergiversations du parti. Sans compter que cet isolement renforçait son importance, à présent qu'il savait ne plus pouvoir compter sur grand monde et se méfiait même des rares anciens qui ne lui avaient pas tourné le dos.

Elle commande une entrecôte « bien bleue » qu'on lui sert à point, accompagnée de frites tièdes et molles.

Lui choisit la spécialité locale, grasse et dégoulinante – Serge lui a conseillé de ne pas faire état de ses préoccupations diététiques en public (« un truc de gonzesse, le régime, tu vas te décrédibiliser »). Serge, fidèle écuyer, infatigable brasseur de vent : un Sancho Panza d'hémicycle. Léa voit en lui sa parfaite antithèse puisque au-delà de leur différence de chromosomes (non la moindre aux yeux de Bourgel), de l'abîme générationnel et du patronyme aristocratique du premier (Bourgel compte sur son carnet d'adresses autant que sur sa loyauté), Serge est un véritable passionné de popol, de poloche, de parlotte à la buvette de l'Assemblée.

Son patron s'éclaircit la gorge. Sans élever le ton, sans chercher à couvrir les conversations adjacentes – une technique éprouvée pour capter l'attention de ses interlocuteurs tout en démontrant une forme d'autorité naturelle –, se lance dans un commentaire acerbe de l'actualité, ponctué de deux ou trois vacheries en direction de ses ex-compagnons de parti et de l'opposition, saillies préparées avec soin dans le train du matin.

Puis, conscient que sa nouvelle aura tient en partie à ses dérapages, soucieux d'en servir quelques-uns pour décrocher une demi-page dans le supplément du week-end, il y vient. Il n'épargne personne : les pédés de la haute administration qui massacrent la politique familiale, les étrangers bouffeurs d'allocs, les féministes mal baisées qui castrent les bons pères de famille, et ce n'est pas une simple formule, voyez la croissance de l'infertilité masculine depuis dix ans, il serait grand temps de se préoccuper du réarmement démographique.

Concentrée et professionnelle, Léa focalise son attention sur le non-verbal en vue du débriefing. Elle trouve habile ce demi-sourire qui ménage l'excuse du second degré. Il faudra qu'elle pense à le lui dire. Elle s'attarde à déchiffrer quelques visages dans l'assemblée mais peine, dans ces esquisses de grimace vite réprimée, à distinguer le malaise de l'amusement. Un mélange des deux, probablement. Et c'est tout son talent.

L'un d'eux, en bout de table, quinquagénaire aux verres épais, l'observe avec insistance. Elle lui trouve une ressemblance, ne parvient pas à trouver avec qui. Elle croit savoir ce qu'il pense : comme les autres, il se demande ce qu'une fille *comme elle* fait auprès d'un homme *comme lui*. Il lui prête peut-être une certaine influence, les imagine, lui, séduit, elle, ambitieuse, ou présume une histoire plus louche, brûlant d'être le premier à la révéler. Elle a l'habitude d'être l'objet de ce genre d'hypothèses et ne cherche pas à les contester. Au contraire, elle en joue : un regard fugace à son observateur pour encourager sans y paraître ses élucubrations, puis elle revient à son assiette. Elle fronce légèrement les sourcils lorsqu'un morceau de nerf résiste sous sa lame.

Le même homme prend alors la parole pour interroger Bourgel sur sa stratégie politique – ça y est, elle l'a : Mac Lesggy ; elle se réjouit que ce pseudo-sosie les extirpe de l'ennui. Sans dissimuler son intention railleuse, le journaliste insiste sur l'absence de parti, de fortune et de soutien officiel du candidat, alors même qu'il laisse transparaître dans son livre des ambitions présidentielles. « Vous avez bien lu, oui. Mais permettez-moi de vous dire que vous êtes mal informé », répond l'intéressé, avec ce même rictus qu'il veut intrigant et complice. Il refuse, bien sûr, d'en lâcher davantage.

Un sans-faute, dira-t-elle tout à l'heure, s'il lui demande un commentaire.

La rue à cette heure-ci appartient au lycée d'en face. Des filles gaulées comme Shakira tirent sur de longues cigarettes et se recoiffent à l'aide de l'appareil photo de leur téléphone – des femmes déjà, pense-t-il. C'était différent à son époque, dans son bahut de fausse campagne. Nina lui revient comme une bouffée de chaleur à la vue de deux langues entrelacées. Nina, son carré court, ses jeans élimés, ses seins mandarines, sa fossette droite toujours creusée – excepté lorsqu'elle pleurait, souvent à cause de lui. *Une passion dévorante*, écrivait-elle à l'encre noire dans les lettres manuscrites qu'elle lui adressait. Elle lisait beaucoup. Lui, pas du tout. Il a perdu les lettres mais garde en mémoire leur calligraphie, cette écriture ronde et dansante, appliquée, enfantine, aux antipodes de la sienne, hésitante et nerveuse.

Il aimait dessiner pour elle. À elle les grands discours, à lui les beaux croquis, au départ ça marchait comme ça. Puis Nina est partie étudier les sciences politiques à une centaine de kilomètres de leur bled : il a cessé de l'intéresser. C'est à cette époque qu'il a commencé à fréquenter

Jérôme, faute de mieux. Ils étaient les seuls du village à ne pas en être partis.

Ou peut-être que ça n'a pas été si vite, peut-être qu'il y a eu plusieurs crises avant qu'elle se lasse. Il avait toujours su qu'il ne suffirait pas longtemps à une fille comme Nina mais cette lucidité ne lui a été d'aucun secours. Pour combler ses absences, en semaine, il a commencé à chercher d'autres corps. Il y a eu cette fille, plusieurs fois, qui le regardait sans prendre d'airs et avait pour principal atout de crécher à moins de trois kilomètres de chez sa mère. Il a continué dans le même temps à noyer Nina sous les SMS, à s'agacer aussitôt que ses réponses tardaient trop, à l'appeler cinquante fois si nécessaire, devenant fou dès qu'il l'imaginait dans les bras d'un autre.

Nina a fini par savoir pour la fille, et il a trouvé un peu étrange qu'elle semble le lui pardonner si vite. Jusqu'au jour où, à son tour, il a senti l'odeur de *l'autre* sur les fringues de sa petite amie. Un coup fatal. Ces phéromones étrangères l'ont plongé dans une fureur incontrôlable : à la suite de la télécommande et du dernier numéro de *Jeux Vidéo Magazine*, c'est un cendrier en métal qui a frôlé le visage de la jeune femme.

Sous le choc, elle n'a rien dit. Elle s'est réfugiée dans la chambre d'abord, en poussant le verrou, puis a attendu qu'il sorte pour s'enfuir, sans rien emporter de ses dernières affaires. Il a lu dans cet oubli une promesse de retour. Après huit jours sans nouvelles, il a reçu un dernier texto : « Je pense que tu as besoin d'aide. Prends soin de toi. N ».

Il l'a haïe de l'abandonner ainsi, en prétendant s'inquiéter pour lui.

Il n'avait pourtant rien à se reprocher. Sa jalousie était indissociable de son romantisme. Si Nina n'a pas compris c'est qu'elle ne voulait pas comprendre. C'est qu'elle ne l'aimait déjà plus. Il l'avait bien senti et c'est pour ça, au fond, qu'il l'a trompée.

Avec S., tout s'est reproduit à l'identique ou presque. Les mêmes drames se rejouaient ; à la fin, elles le laissaient seul. Il aimait trop les femmes, toutes les femmes. Elles le lui rendaient mal.

De retour chez lui, il lâche au sol son vieil Eastpak rempli du minimum vital – des clopes, des bières, du Coca Zero et des petits chinois à la crème pâtissière – et se blottit dans son fauteuil Titan Evo flambant neuf. Un luxe qu'il s'est offert avec l'argent gagné lors d'une compétition sur Battlefy, il y a un mois. Après une présélection d'une dizaine de modèles, il s'est laissé séduire par celui-ci, le plus cher, sur les conseils de Jérôme. « La Porsche des fauteuils gaming », avait assuré ce dernier.

Il attrape une brioche, avale quelques gorgées de soda et se connecte à nouveau. Son regard balaie les topics à la recherche des rubriques scientifiques qu'il trouve désormais plus intéressantes que les autres. Plus argumentées, moins rageuses. Jusqu'à présent, il en a retenu une chose essentielle, que des statistiques et recherches en psychologie comportementale parviennent à démontrer : il est impossible de faire confiance aux femmes. Un post en particulier retient son attention :

[Science] Les vrais chiffres sur les accusations de viol.
Dans les affaires de viol, seuls 21,5 % des accusés sont déclarés coupables. Donc 78,5 % ne sont pas reconnus coupables. Ce chiffre s'élève à 83 % quand on rapporte le nombre de cas reconnus non coupables à l'ensemble des plaintes, plutôt qu'aux procès. Difficile de croire alors les femoids qui nous expliquent que les accusations de viol mensongères ou fantaisistes sont quasiment inexistantes. On nous rabâche pourtant qu'une femme sur quatre serait victime de viol. Ce chiffre fantaisiste vient d'une étude de 1985.

Peut-être qu'il y a des viols qui ne sont pas rapportés. Mais il n'existe aucune statistique à ce sujet.

[Science] Les femmes aveugles se préoccupent du look plus que les hommes aveugles.
Voilà pourquoi nous, hommes laids, ne pouvons espérer avoir des relations avec les femmes ! C'est prouvé scientifiquement ! Je vous cite une étude très sérieuse publiée en 2021 dans la revue *Archives of Sexual Behavior*. Voici un extrait :
« Notre échantillon est composé de 94 personnes bien voyantes et non voyantes, d'âges divers, avec 19 personnes non voyantes et 28 personnes bien voyantes par sexe. [...] tandis que l'attraction physique est moins importante pour les hommes non voyants que pour les autres, les femmes non voyantes considèrent l'appa-

rence physique aussi importante que les autres femmes. L'importance du statut, de l'amabilité et de la personnalité du partenaire n'est pas affectée par le fait de voir. »

TBH, ça me dégoûte. Même une femme aveugle ne voudrait pas de moi. La prochaine femoid qui vient me servir son bullshit sur le diktat imposé au corps des femmes, je lui crève les yeux. Ça changera rien, d'après cette étude, mais ça me soulagera.

Il entreprend une lecture de l'article mentionné, en anglais, concentré, besogneux, contrairement à son habitude. Sans trop savoir quoi en conclure. Il s'applique en revanche à mémoriser les chiffres sur les fausses accusations de viol, de même que l'analyse détaillée des causes de l'inégalité salariale, excité à l'idée de les balancer à sa sœur dont les obsessions féministes alourdissent leurs rares dîners – #MeToo n'a rien arrangé.

Au fil des pages, des profils récurrents retiennent son attention. Parmi eux, LArtiste contribue souvent à la rubrique « Science » et se spécialise dans le conditionnement psychologique *différencié* des hommes et des femmes. Baptiste se demande à quelle sorte d'art ce pseudo fait référence.

Sur la photo, un homme d'une quarantaine d'années au visage carré, courts cheveux noirs, arcades sourcilières nettement marquées. Baptiste clique sur son icône. L'homme est membre depuis cinq ans déjà. 17 433 posts à son actif. Baptiste parcourt les plus récents et remarque

que LArtiste peut se moquer des contributeurs sans être submergé d'insultes, signe incontestable de sa popularité. Son expression, truffée d'abréviations et de mots étranges, témoigne de son expertise.

Une dizaine de jours plus tard, lorsque le nom de LArtiste s'affiche en bas à droite de l'écran de Baptiste, un tressaillement parcourt son épine dorsale :

[LArtiste] Slt le nouveau !! Cool ton pseudo !!
[Tiresias] Salut. Merci.
[LArtiste] T'as lu mon article sur les lunettes de Tiresias ?
[Tiresias] Oui.
[LArtiste] Nice. J'ai vu que t'étais souvent online…
[Tiresias] Oui.
[LArtiste] Pas bavard. Au taf ?
[Tiresias] Non.
[LArtiste] Pas de taf ?
[Tiresias] Si.
[LArtiste] Lequel ?
[Tiresias] Avocat.
[LArtiste] Et tes réponses laconiques, c'est pour que ça me coûte moins cher en honoraires ?
[Tiresias] ☺

C'est vrai que son pseudo sonne bien. Chausser les lunettes de Tirésias, c'est oser révéler les privilèges des femmes, expliquait LArtiste dans son post, avec de nombreuses références au mythe antique. Baptiste s'est imaginé sans difficulté dans la peau du devin aveugle et trouve que la consonance grecque a du style.

« Avocat » lui vient par réflexe. Un métier respectable. Le métier de son père. Flatté par cette attention soudaine, il reprend la conversation :

[Tiresias] J'aime bien tes articles.

[LArtiste] Thx. J'ai vu que tu y traînais pas mal. Tkt je ne suis pas un stalker… J'ai accès aux données du site par un admin.

[Tiresias] Tes stats sur les biais des juges des familles en défaveur des pères, c'est chaud.

[LArtiste] Ben ouais mec. C'est ça mon taf, rappeler les faits. À force d'être gavés de leur bullshit féministe, on en oublie la réalité…

[Tiresias] Et ton pseudo, il vient d'où ?

[LArtiste] PUA, ça te dit quelque chose ?

[Tiresias] Pas du tout…

[LArtiste] Je suis un pick-up artist. Un coach en séduction si tu préfères. L.A. parce que j'ai vécu à Los Angeles. Pas mal suivi de stages là-bas. Si ça t'intéresse, jette un œil à mon site.

Baptiste s'empresse d'ouvrir la page indiquée. Un site élégant, arrière-plan crème, police sans serif gris foncé. Dans le bandeau supérieur, une phrase de Gandhi : *C'est dans l'effort que l'on trouve la satisfaction et non dans la réussite. Un plein effort est une pleine victoire.* Il se souvient l'avoir lue quelque part. Sans doute dans le calendrier des trois cent soixante-cinq citations qu'un ex de sa sœur lui avait offert un Noël, « pour nourrir son profil Tinder ». Un vrai bouffon.

Dans le premier tiers de la page, la photo d'une blonde aux yeux clairs, chevelure en mouvement, lèvres entrouvertes, le regard plein d'aplomb. Baptiste la fixe quelques secondes. Son sexe durcit, insuffisamment pour qu'il puisse en faire quelque chose. Il poursuit sa lecture. Christopher – puisque LArtiste se prénomme ainsi – se dit coach en séduction depuis dix ans, formé aux techniques de drague avancée auprès d'experts californiens. Il compte plusieurs centaines de conquêtes à son actif et se présente comme auteur d'un guide de séduction à succès.

Il adresse ensuite au lecteur des questions rhétoriques. Non, effectivement, Baptiste ne peut pas se dire satisfait de sa vie amoureuse ; oui, des conseils pourraient lui être utiles. L'affaire a l'air de tourner. Les différents stages proposés affichent complet pour les trois mois suivants.

Le dernier tiers de la page propose des liens vers du *contenu théorique*, pour en savoir plus sur « Le principe de la jeune fille », « Le coup du hamster », « Le solipsisme féminin », « Le principe de Pareto », « La loi de Briffault », « L'hypogamie masculine », « La nature intellectuelle des hommes et des femmes ». Il les lira plus tard.

Baptiste, lucide, sait qu'il n'est pas grand séducteur. À l'inverse de son père, charmeur à succès, pourtant profondément antipathique. C'est en tout cas ce qu'a déclaré

S., un soir, en sortant d'un dîner au cours duquel le vieux l'avait prise pour cible – elle a dû dire connard plutôt qu'antipathique, simple question de registre, S. n'est pas Nina. Baptiste n'a pas réagi. Il a l'habitude que son père drague ses copines en sa présence. Surtout depuis le divorce. Avant, les regards polaires de sa mère suffisaient à le refroidir.

Il se sait néanmoins mignon et connaît ses atouts : des traits fins, un regard doux, une bouche sensuelle – S., après d'autres, l'a souvent souligné. À l'adolescence, ils lui ont valu de figurer dans le top 3 des collégiennes de la quatrième D (au-delà d'un sentiment de fierté, le podium lui a offert le droit de tripoter les fesses galbées d'Emma Richet).

C'est un peu plus tard que les choses se sont gâtées, lorsque les épaules des autres ont gonflé plus que les siennes et que des boucs ont recouvert leur menton carré. Lui, désespérément frêle, imberbe, est devenu invisible en moins d'une année.

À la même époque, il a commencé à jouer, se glissant avec grand plaisir dans des corps de guerriers stéroïdés. Deux heures par jour au départ, devenues six lorsque ses parents ont accepté d'installer le PC familial dans sa chambre pour qu'il s'initie au code informatique, sur la suggestion de son professeur de technologie – le seul alors à soutenir que Baptiste avait « du potentiel » sans vouloir souscrire à la certitude commune qu'il raterait sa vie.

Le garçon s'est mis à balbutier en Java et C++, pour les rassurer, avant d'y prendre goût. Puis, quand tous dormaient, il s'est consacré tout entier à son véritable objectif : conquérir les premières places des classements *Counter Strike* et *Call of Duty*.

Vraiment, mille cinq cents balles pour un training renforcé ? Baptiste se demande qui peut bien s'inscrire. Lui ne se sent pas concerné par ces histoires de stage. Il ne cherche à rencontrer personne. Encore moins une femme.

Depuis quelques mois, les interactions en ligne lui suffisent. Les jours où il touche le fond, passé la trente-cinquième écoute de *The Scientist* de Coldplay, il passe voir Jérôme. À défaut d'être le plus vif, il le sait aussi loyal qu'un golden retriever, avec les mêmes grands yeux noirs et ses bajoues naissantes. Ils matent des lives Twitch, des replays de Squeezie ou ZeratoR en s'enfilant des Granola et des litres de mauvais rosé. L'avantage des vieilles amitiés : il n'y a rien à prouver.

Trois fois sur quatre, Jérôme finit par ronfler sur le canapé. Sur le chemin du retour, Baptiste, très saoul, se sent moins seul.

Les jours suivants, Christopher et lui passent de longues heures à discuter sur le forum ou sur le chat de *WoW*. Ils débattent de leurs stratégies, commentent les attaques adverses, discutent des quêtes pour accélérer leur leveling et des buffs permettant de gagner en expérience. À ses côtés, Baptiste apprend très rapidement ce qui se dit – à commencer par les tacles aux Chad et aux Stacy, le fait d'être darkpilled ou redpilled, la galère des normies et des betabux – et tout ce qu'on ne dit pas. Christopher évite par exemple d'évoquer sa vie personnelle. Un jour, Baptiste s'aventure à raconter un peu de la sienne, en mentionnant sa rupture récente ; Christopher en retour confie sa double addiction au poker et aux bretzels.

C'est Baptiste le premier qui propose à Christopher de rejoindre sa guilde. Le coach l'interprète comme une marque d'amitié : uniquement composé de joueurs de haut niveau, le clan de Baptiste est réputé pour avoir conduit plusieurs raids salués par la communauté. Christopher accepte.

En retour, il invite Baptiste sur une autre plateforme, moins connue, un tout nouvel univers : pour la première fois, Baptiste entre dans Parthenia.

À l'Assemblée, les collaborateurs de Bourgel occupent un même bureau. Léa tourne le dos à la fenêtre, position peu confortable quand le soleil au zénith frappe les carreaux mais qui présente l'avantage de soustraire son écran au regard des autres. Elle sait que cette place de choix, obtenue au départ d'Yvon en récompense de son ancienneté, atteste son importance dans l'ordre de préséance propre à ce vingt-deux mètres carrés. Elle en tire une certaine fierté. Cette promotion ne l'a pas dispensée de continuer à rédiger les réponses aux courriers – absence de places en crèche, injonctions d'agir contre la dégradation des transports urbains, suggestions de réformes fiscales de la part de chefs d'entreprise pour abaisser leurs charges et libérer ainsi le potentiel de la France. Bourgel n'a la plupart du temps aucun moyen ni la moindre intention de satisfaire leur demande mais son métier à elle consiste à laisser croire le contraire en prenant pour cela sa plus belle plume de père Noël. Elle est suffisamment rompue à l'hypocrisie de l'exercice pour ne plus s'en émouvoir.

En face, de l'autre côté de la porte du bureau de Bourgel, la place de Serge, souvent vide. Serge préfère arpenter la circo, s'envisageant avant tout comme un homme de terrain. Vaine tentative, pense Léa, pour faire oublier sa particule. Son absence ne dérange personne puisqu'elle laisse plus de liberté aux autres pour tenter de grignoter un peu d'espace au sein du premier cercle de Bourgel.

En symétrie, dos à la fenêtre mais à plus grande distance du bureau du patron, des piles de dossiers, des poudres protéinées, des romans de Bukowski et de Houellebecq marquent le territoire de Thibaut, conseiller technique couteau suisse. Triple diplômé, de Sciences Po, d'Assas et de la London School of Economics, ce dernier est exempté de tout travail qu'il juge trop proche du secrétariat, dont répondre au courrier. Léa connaît les biais de genre et ne s'en offusque pas ; elle s'exécute, docile. Elle peut en retour faire valoir qu'en dépit de tous ses diplômes le bureau de Thibaut reste moins bien placé que le sien, davantage exposé encore aux reflets de la lumière du jour.

Comme chaque lundi en fin de matinée, Bourgel les convoque pour revoir l'agenda de la semaine. En l'absence de Serge, Léa se coltine l'inventaire des déplacements à venir. Bourgel donne quelques indications pour chacun des discours – ne pas lésiner sur les références historiques, tant pis si personne ne comprend, c'est son plaisir et ça lui donne une stature, à condition bien sûr de contrebalancer avec des anecdotes pour Mme Michu et M. Tartempion. Non, il ne se déplacera pas cette année à la fête de la châtaigne, il était il y a trois semaines à celle de la figue, ils ne doivent pas laisser croire que son agenda est vide. Il demande à Léa d'y envoyer Serge, puis donne la parole à Thibaut pour un aperçu des dossiers législatifs en cours. Le jeune homme s'éclaircit la gorge, remonte un peu ses manches, faisant apparaître sur ses avant-bras des veines gonflées :

— Mardi, la commission des affaires sociales examine le projet de loi sur le droit d'asile. On peut s'associer à l'amendement de Bidault pour supprimer le L. 251-1 du Code de l'action sociale. Il sera rejeté mais c'est pour le symbole…

— Oui, allons-y, approuve Bourgel. Avec cette proposition de suppression de l'aide médicale d'État, la meute des petites gauchistes hystériques démarrera au quart de tour. La colère leur va si bien…

Il adresse un clin d'œil entendu à Thibaut qui s'empresse de le lui rendre, réjoui par la moindre marque de complicité.

— Et mercredi, encore une hésitation pour les questions au gouvernement. On pourrait relancer sur la polémique crop top ? Ou alors on part sur les squats à Toulon… La polémique crop top est nationale et nous rapporte pas mal de points chez les vieux. Après, c'est sûr, les squats parlent davantage en circo, avec cet article dans *Nice-Matin* sur ce mec qui a planté sa tente devant les locaux de son assureur…

— J'opte pour le local. Mes très chères électrices provençales ne mettent pas un point d'honneur à cacher leur nombril.

— Très bien. Jeudi, j'ai noté que vous seriez en province. Pas grand-chose à signaler ici. Sinon toujours cette proposition de loi de la Ligue nationale pour autoriser l'éradication d'une chenille invasive venue d'Asie. Ils voudraient qu'on cosigne… Aucune chance que ce soit inscrit à l'ordre du jour, et je ne vois pas trop l'intérêt.

— Moi je vois, bonhomme : un discours en forme de métaphore sur l'invasion chinoise, et un texte en ligne pour recueillir le soutien des agriculteurs du Var. Dis-lui qu'on va cosigner. De toute façon, j'ai besoin d'entretenir ma relation avec eux. D'ailleurs, Léa, où en êtes-vous avec Bidault ?

Léa hésite à répondre. Bourgel a l'habitude de lui demander d'user de son charme pour faciliter ses rapprochements politiques. Mais depuis plusieurs semaines, son insistance à propos de Bidault devient pesante. Ce matin, d'humeur joueuse, elle réplique :

— Ça avance pas mal. Je lui ai trouvé une place en Ehpad.

Thibaut sourit puis se reprend, soucieux de calquer sa réaction sur celle du patron. Bourgel, surpris, paraît un peu gêné – entre Bidault et lui, moins d'une décennie. Le dit-elle à dessein ? Il s'empresse de conclure :

— Bien, merci. Et continuez de tendre l'oreille dans les couloirs. La chasse aux signatures sera bientôt ouverte, il faut qu'on anticipe les ambitions de chacun. Pour connaître notre terrain de jeu. Je compte sur vous.

De temps en temps, généralement quand il s'est fait planter, Thibaut propose à Léa de sortir déjeuner. Il déteste rester seul. Elle accepte, pour le bien de leur cohabitation dans ces vingt-deux mètres carrés, en posant comme condition d'éviter les restaurants qui jouxtent l'Assemblée.

Les voilà donc sandwich au poing le long des quais de Seine, un rustique pour lui, un norvégien pour elle, avalés en hâte tant le vent du nord-est leur mord les doigts. Elle n'est pas d'humeur bavarde – l'est-elle jamais ? – mais cela ne le dérange pas tant il déborde d'inspiration pour parler de lui. Il trouve amusant de traîner au Palais-Bourbon mais ce n'est pas une vocation, non, lui est écrivain, ou plutôt essayiste, il réfléchit en ce moment à l'avenir du concept de nation et à la notion de terroir, qui n'a pas d'équivalent en langue anglo-saxonne, le saviez-vous, ni dans les autres langues européennes d'ailleurs, c'est fou, la richesse de la langue française, quand on y pense.

« Et toi ? Qu'est-ce qui t'amène ici ? Et pourquoi Bourgel ? » Léa se sent prise de court par cette question qui la concerne directement, presque intimement – leurs échanges policés ne l'ont pas habituée à ça. Elle se reprend, remonte en selle et endosse avec panache son rôle de composition :

— J'ai toujours voulu faire de la politique. Depuis toute petite.

— Vraiment ?

— Oui. J'adorais entendre les spots de campagne à la télé. À force, je les connaissais par cœur. J'avais même une affiche de Sarko dans ma chambre…

— … « Ensemble tout devient possible », celle-là, avec le ciel bleu et la colline verte au fond ? Trop drôle, moi aussi !

Alors que Thibaut s'enthousiasme de ce supposé point commun, elle étouffe un rire narquois – elle n'imaginait pas tomber si juste.

— Les filles de ton genre, dans mon souvenir, placardaient plutôt des posters de Ségolène en alternative à Britney Spears… Et pourquoi Bourgel ?

— C'est quoi, les filles de mon genre ? Bourgel parce que je suis loyale. Il m'a offert mon premier stage, ça m'a plu, je suis restée. C'est tout.

Il doit trouver cela décevant et dévie la conversation, il a vu ce week-end une expo sur Proust, pas mal, un peu trop vulgaire à son goût, au sens étymologique, précise-t-il, évidemment, tandis qu'ils pressent tous deux le pas pour regagner la chaleur ouatée de l'Assemblée.

Bourgel, ou un autre, elle n'est pas de ceux qui peuvent choisir. L'important, c'est d'en faire partie. Hors de question pourtant de s'abaisser à le confesser.

Au centre de tout, la Cité. Lors de ses premières heures d'exploration, Baptiste prend plaisir à s'y perdre. Il déambule entre les façades ocre et brunes, jette un œil curieux à travers les portiques, devine de l'autre côté des cours bordées d'orangers, de larges bassins en marbre, des colonnes et des candélabres. À l'intérieur, il imagine des hommes en toge allongés sur des canapés, des amphores remplies de vin, des pyramides de viande, de raisin, d'olives, de dattes, d'amandes et de gâteaux au miel.

Ces bâtisses impénétrables appartiennent à une élite crainte donc respectée : les Immortels. Elles sont le signe de leur richesse et de leur ancienneté. Il paraît que les moins chères valent deux millions de nomisma, soit près de cinq mille dollars, et qu'on ne peut les acheter sans être coopté par un Immortel. Avec le Gymnasium, ces domus sont les seuls endroits inviolables par les forces parthéniennes. Elles pourraient être les antres de complots.

Autour d'une statue qu'on dit représenter le Duce, au cœur de la Cité, les initiés se rassemblent sur l'Agora. Ici, ils courtisent les puissants, nouent des alliances et rappellent leur rang. Christopher y est admis depuis peu. Baptiste, lui, doit observer à distance.

Depuis deux ans, le coach nourrit l'ambition de devenir un Immortel. Il possède une maison d'artisan à l'intérieur de l'enceinte en récompense de ses faits d'armes. Il connaît un proche du Duce, un mec « avec du réseau et de la moula » qu'il a rencontré lors d'un tournoi reality. Il pense que ça l'aidera. S'il ne revêt pas encore le casque ailé des Immortels, il arbore avec fierté une armure sang et or, signe de son ascension.

À l'est de la Cité se trouve le Village. À son arrivée dans l'Empire, Baptiste y occupe d'abord une insula de deux étages avec des pièces de vie communes – preuve qu'il peut tout surmonter dans Parthenia, y compris sa hantise des colocations. S'il est pris d'une crise d'angoisse, au milieu du salon ou en plein dîner, il lui suffit de déconnecter : au redémarrage, il réapparaîtra près du Puits Central. En moins d'un mois, il parvient à prendre du galon en servant avec habileté dans une campagne du Désert contre les Barbares. C'est sur les conseils de Christopher, qui a découvert ses talents de stratège lors d'un tournoi de *WoW*, qu'il s'est engagé la première fois. Bientôt, ses succès militaires lui permettront d'acheter une villa au centre du Village. Une villa pour lui seul.

En dehors des campagnes, pour trouver de quoi vivre, Baptiste se rend à la Mine. Une heure de travail suffit à couvrir son loyer mais il y traîne bien plus longtemps. Il reproduit sans relâche le même circuit, une centaine de fois certains jours, s'abandonne à l'hypnose de la répétition, descend, pioche, remonte, sans réfléchir, vide son chariot, redescend, pioche, remonte, vide son chariot, et observe en haut à droite de son écran la quantité de minerai croître lentement. La preuve qu'il sait bosser s'il le veut. La preuve qu'il a l'âme ouvrière. Pas de chance d'être né dans une famille de bourgeois – de *petits*-bourgeois pour reprendre les mots de sa sœur qui espère à force de mépris se distinguer de la médiocrité familiale.

Puis, lorsqu'il se lasse, son tas de matériaux devenu si volumineux qu'il risque d'attiser les convoitises, Baptiste rentre au Village vendre sa marchandise. Christopher l'a alerté contre les mauvais deals. Maintenant il connaît le marché. Il s'en tient strictement au prix fixé par la Cité. Seuls les Barbares trafiquent, faute de pouvoir accéder à la Minc. Baptiste sait désormais les repérer à la lisière du Village lorsqu'ils s'approchent pour dépenser l'or des pillages de guerre, avant de retourner dans le Désert.

Pour écouler sa marchandise il fait presque toujours affaire avec le même homme, un chaudronnier taiseux mais très fiable qu'il sait pouvoir trouver nuit et jour à son poste. *Nuit et jour*, façon de parler : l'astre solaire est invisible dans Parthenia. Le Village et la Cité restent invariablement baignés d'une lumière franche. Refuge rassurant pour les insomniaques. Baptiste se demande parfois ce que l'autre vie a fait au chaudronnier pour qu'il l'habite si peu.

Parthenia n'est pas tout à fait semblable aux mondes que Baptiste a connus avant. Le décor de la Cité a été travaillé avec un soin particulier – les couleurs, les reliefs, les ombres. Les personnages en revanche ressemblent à de vulgaires Lego, leur visage réduit à deux points et deux traits. Dans ces conditions, le costume est primordial. Or il n'est pas possible d'inventer de nouvelles parures ni d'en choisir une au hasard, contrairement à ce dont il a l'habitude. (Dans *Fortnite*, par exemple, la chasse aux *skins* occupe une large partie de son temps.) Il l'apprend à ses dépens dès les premières heures de jeu alors qu'il pénètre dans la Cité avec un heaume doré, tout juste acheté au Village, et se retrouve encerclé par une dizaine de soldats coiffés du même casque qui lui ordonnent de retirer le sien. Il s'éloigne sans obtempérer mais l'une des sentinelles le pourchasse tant et si bien que Baptiste, par lassitude, accepte finalement de céder.

Quelques jours plus tard, il découvre devant la porte sud de la Cité une haute stèle en pierre semblable aux tables de la Loi, du moins à l'idée qu'il s'en fait. Il parcourt avec attention les Dix Commandements du Duce :

Tu ne tueras pas de citoyen, sauf en situation de légitime défense.

Tu combattras les Barbares qui s'aventurent hors du Désert.

Tu honoreras tes supérieurs.

Tu ne porteras pas de costume non conforme à ta classe et position hiérarchique.

Tu ne pénétreras pas dans les lieux qui te sont défendus ou d'où tu as été banni.

Tu ne choisiras pas de couleur de peau non naturelle.

Tu ne t'habilleras pas d'une manière non conforme à ton genre.

Tu ne chercheras pas à troubler l'ordre de la Cité.

Tu serviras le Duce.

Tu veilleras personnellement à l'application de ces commandements.

« L'Entracte, 13 h 30 ? J'ai un rendez-vous avant. » Le vendredi, Baptiste déjeune avec son père dans une brasserie en bas de chez lui. La tradition vaut depuis ses seize ans, pour discuter *d'homme à homme*. En pratique c'est surtout son père qui parle de lui, évoque ses dernières conquêtes, toujours plus jeunes à mesure qu'il vieillit. Sa nomination récente en tant que prof associé à la fac de droit multiplie ses chances. « Elles pourraient être mes filles, mais elles sont moins chiantes que ta sœur. » Baptiste ravale sa gêne muée de force en un sourire complice. C'est vrai que sa sœur est casse-couilles.

Le garçon a obtenu que leurs entrevues n'aient jamais lieu dans son appartement : une façon de préserver son territoire, terre collante jonchée de fringues et de canettes vides, gondolée par un vieux dégât des eaux, agrémentée à l'est d'un peu de verdure sous des lumières bleues qui virent au rouge en phase de floraison. Aux termes du cadastre, tout appartient à son père, qui ne manque jamais de le lui rappeler lorsque Baptiste s'aventure à défendre sa mère. « Tant que t'habites chez moi, Tanguy, tu la fermes, OK ? »

Son père arrive en retard, le visage crispé. « Enfin, c'est pas très grave, c'est pas comme si t'avais quelque chose à faire… » Baptiste le laisse dire. Rien, en tout cas, qui puisse être jugé important : après leur déjeuner, il traînera un peu dans Parthenia, roulera un joint, un deuxième, se branlera devant des vidéos *amateur* – Christopher lui a fait découvrir ce nouveau site de gonzo hardcore, un peu trash à son goût mais la nouveauté l'excite – avant d'en griller un troisième, en vaine quête d'apaisement. Alors, c'est vrai, il n'est pas à une demi-heure près.

De toute façon, son père ne s'excuse jamais pour son retard, pas plus que pour le reste. Il a toujours de bonnes raisons et ne se sent pas contraint de les expliciter. Baptiste fait avec : quand ce dernier manque un rendez-vous, annule un déjeuner, disparaît plusieurs semaines, son fils lui invente des excuses. Baptiste excelle désormais dans l'art de combler les silences par des flots d'histoires.

Son père desserre sa cravate, commande deux tartares, reprend son souffle par une inspiration profonde, puis le regarde enfin.

— Bon, t'en es où ?

Baptiste baisse les yeux.

— Je vais pas te loger gratuitement cent sept ans. Faut que tu te prennes en main. Si tu trouves rien d'ici un mois, je voudrais louer le studio.

Baptiste ne réagit pas. La menace n'est pas nouvelle. Mais, cette fois-ci, son père hausse le ton.

— Tu comprends c'que j'te dis, ou ton shit t'a complètement ramolli la cervelle ? Je suis très sérieux, Baptiste. Tu crois qu'c'est ça, la vie, fumer le fric que tu me tires en douce – ben oui, j'suis pas si con – et t'abrutir sur un écran ? T'as plus quinze ans, merde ! Je passe pour quoi moi, quand on me demande de tes nouvelles ? Un mois, tu entends ? Si tu trouves rien, t'as qu'à retourner chez ta mère.

Il sait bien qu'il ne pourrait pas. Avec sa mère, c'est compliqué. Elle est incapable de le comprendre. Elle a bien tenté de l'aider, avec patience et maladresse. Lui avait trouvé un poste de surveillant dans le collège voisin. Baptiste a tenu trois mois. Elle l'a encouragé ensuite à repasser son bac, grâce à des cours du soir, puis l'a finalement fait embaucher comme assistant dans le cabinet médical où elle exerçait, pour assurer l'intérim d'un congé maternité – de loin sa pire idée. Elle, si combative, imperméable à la résignation, ne parvient à comprendre ni ses mensonges ni la vitesse de ses démissions.

Désormais, elle affirme avec ce qu'elle a d'aplomb qu'elle ne peut rien pour lui. Cette posture les arrange tous deux. Baptiste a constaté à quel point sa mère s'était épanouie depuis cette résolution. Elle paraît plus légère. Ils ne s'engueulent plus au téléphone. Elle prend soin de s'en tenir aux sujets inoffensifs : ses sorties cinéma, ses envies de voyage, des anecdotes de voisinage. Il écoute d'une oreille distraite, au haut-parleur, tout en continuant à jouer.

Il ne lui en veut pas. Ou alors pas vraiment. L'abysse entre leurs deux caractères ne facilite pas la communication. Il admet n'avoir pas souvent été à la hauteur. Pas toujours digne d'elle. Il lui paraît fou qu'ils aient été tous deux un jour liés par un cordon de chair. Quelquefois, au plus profond de sa solitude, il se dit qu'ils n'ont pas su s'aimer.

Pour calmer la colère paternelle et tenter de sauver son toit, Baptiste improvise. Il a trouvé un boulot. Enfin, presque. Il a un entretien dans la semaine. Vigile dans une parfumerie – la première idée qui lui vient en tête, une devanture Nocibé dans son champ de vision. Un CDD de six mois. Renouvelable. C'est par un pote qu'il a eu l'annonce et c'est payé au smic.

— Toi, vigile ? On aura tout vu… ironise son père, l'auriculaire dressé pour mimer la frêle silhouette de son cadet.

Baptiste ne conteste pas : il se sait adroit mais n'a jamais été taillé pour être talonneur ou pilier.

Le garçon se sent ragaillardi par son propre récit. Mentir, c'est un peu faire. Pour la suite, il avisera.

Le père saisit le quotidien national posé sur la table adjacente. Il le feuillette, s'arrête sur les pages économiques. Baptiste observe ses lèvres remuer sans bruit, son regard balayer les titres. Il lui trouve un air important. Il l'admire de paraître comprendre *l'actualité*, capable de lire en diagonale, comme sa sœur, alors que l'exercice demande à Baptiste une concentration excessive. Un effort démesuré même. Quand il lit les mots se mélangent, les lettres changent de sens, de place, il doit lutter sans cesse contre leur indiscipline pour les aligner comme il faut, dans l'ordre, pour déchiffrer le message. Il se demande comment font les autres. Comment certains – sa sœur, son père, Nina – parviennent à lire pour le plaisir.

Son père lève un sourcil.

— Ben voyons. Le mec passe vingt ans au parti, complote comme les autres, puis d'un seul coup déterre les cadavres en jouant les vierges effarouchées… Salauds de politicards. J'sais pas comment ta sœur les supporte.

Baptiste jette un œil au titre de l'article. Il déchiffre le nom de Bourgel, fixe la photo qui accompagne l'interview. Il ne s'intéresse pas à la politique mais a remarqué que ce type revenait souvent dans des discussions sur le forum. Christopher en parle sans cesse depuis que Bourgel est passé sur le plateau de son émission favorite. Il le pense plus sincère que les autres, plus courageux aussi. Enfin un mec qui les comprend. Il se murmure d'ailleurs qu'il aurait plusieurs soutiens parmi les hauts gradés de Parthenia.

À son père, Baptiste ne dit rien, ni de Christopher ni de Parthenia. Ça ne l'intéresserait pas. Les questions, c'est sa mère. Il faut bien répartir les rôles. Son père s'en fout tant qu'il file droit. Ou tant qu'il file, tout court. Il n'a jamais aimé avoir ses enfants « dans les pattes ».

Il a bien fait quelques efforts, au départ, lorsque Baptiste était gamin. Hélas pour leur relation, il a choisi de superviser les études. Des dimanches enfermés à résoudre des systèmes d'équation à trop d'inconnues, d'interminables huis clos à refaire les mêmes exercices, corriger les mêmes erreurs. Quitte à louper un quart de finale en championnat – l'entraîneur, qui plaçait en lui de grands espoirs, a tenu son forfait pour responsable de leur défaite. Baptiste a dû expier sa faute en cirant le banc de touche pendant trois matchs consécutifs, laissant Fayçal seul aux avant-postes. Baptiste ne l'a jamais pardonné à son père.

Mais depuis que son fils a quitté l'école, le vieux ne demande plus rien. Tant mieux. L'économie de questions permet à Baptiste de garder la face. En étranger, il déçoit moins.

— Vendredi prochain, j'ai un déjeuner de boulot. Donc on se revoit dans deux semaines. Je suis sérieux pour le studio. Et pour ton job, tu devrais demander à ta mère de t'acheter un costard. Un truc de qualité, hein, pas ces merdes pour VRP en synthétique. Avec la pension que je lui verse…

Il réajuste sa cravate, se lève, tend à Baptiste deux billets de cinquante euros pour régler et s'en va. L'addition en vaut la moitié. Il glisse ce qu'il reste dans sa poche pour un refill à la cité Voltaire.

Christopher lui a donné rendez-vous près du Puits Central. Il lui reproche ses sept minutes de retard. Sans chercher d'excuse, Baptiste le suit vers le camp d'entraînement, au nord du Village. Il doit travailler son endurance et sa force pour accéder à l'échelon supérieur. Christopher lui a proposé d'intégrer son escadron mais il arrêtera de se donner tout ce mal, prévient-il, si Baptiste n'est pas foutu d'être à l'heure.

Sur un terrain gris ceint de hauts barbelés Baptiste commence les tours de piste : Z, Q, S, D ; Z, Q, S, D ; Z, Q, S, D ; Z, Q, S, D ; Z, Q, S, D ; Z, Q, S, D ; Z, Q, S, D ; Z, Q, S, D.

Dans la boîte de dialogue pleuvent des insultes aboyées en lettres capitales, auxquelles les soldats à l'entraînement doivent répondre « Chef, oui chef ! » – ce qui suppose de tenir enfoncées les flèches de mouvement d'une main tout en signifiant de l'autre, deux doigts sur le clavier, l'étendue de sa docilité. Baptiste y parvient sans peine. Il mène le groupe, plus rapide, plus réactif aux consignes du coach. Dans la boîte de dialogue privée, Christopher le félicite. Baptiste a passé tant d'heures à jouer au cours des dernières semaines qu'une corne épaisse immunise ses doigts contre les ampoules. Il ne sent rien, plus rien si ce n'est une légère résistance des touches sous ses doigts. Il caresse avec satisfaction la peau dure et lisse au bout de ses phalanges : ses empreintes digitales sacrifiées à la puissance de son double.

Après la course viennent les duels. L'occasion pour Baptiste de tester de nouvelles parades sans craindre de perdre des points de vie, et de travailler le corps-à-corps. Il sait qu'il est impossible d'exceller sans surprendre. Il en a fait un principe, à force, quel que soit le jeu : identifier les habitudes de la majorité des joueurs pour les prendre à rebours. Cela demande du temps. Il n'en manque pas.

Toutes les quarante-cinq minutes, Christopher leur accorde une courte pause. Ceux qui, poussés par les basses nécessités de la vie matérielle, doivent interrompre l'entraînement sont bannis du stade pour vingt-quatre heures. Le groupe se renouvelle un peu à chaque arrêt. Baptiste a remarqué que les autres enchaînaient en moyenne trois séances. Au rythme de cinq par jour, il sera promu avant eux dans les escadrons d'élite.

Après l'entraînement, les deux garçons rejoignent une taverne peu fréquentée de la Cité. Christopher évite de s'afficher avec Baptiste tant qu'il n'est qu'un simple légionnaire – un mauvais signal alors qu'il s'apprête à passer officier supérieur. Ils prennent place au bar et commandent deux chopes de posca, une boisson de soldats, mélange de vin vinaigré et d'épices qu'il faut se réjouir de ne déguster que virtuellement, commente Christopher. Baptiste cherche des conseils pour accélérer le développement de son personnage :

[Tiresias] T'as pas des tips pour accélérer mon leveling ? Des zones à arpenter, des buffs à connaître...
[LArtiste] Déso mec, ça ne marche pas comme ça ici. Système D. Faut passer du temps à chercher, être régulier... Et respecter les règles. La devise pour augmenter ton xp : loyauté, détermination, ascétisme.
[Tiresias] On peut rien acheter pour gagner du temps ? Des trucs autorisés par les règles, je veux dire.
[LArtiste] Non. Ça se joue au mérite. C'est pas la thune qui compte ici. Le Duce a déjà refoulé des grandes boîtes qui voulaient infiltrer Parthenia...
[Tiresias] Ah ouais ? Tu connais le Duce ?
[LArtiste] C'est ce qu'on m'a dit... Reste tranquille et t'inquiète, ça va venir, t'es doué. Fais-moi confiance, je sais repérer les numéros 10.

Baptiste sourit derrière son écran bleu.

[Tiresias] Tu connais certains joueurs ? Je veux dire, IRL.
[LArtiste] Nope. Mais j'en retrouve certains dans d'autres games, sur des forums privés... À force, on se connaît tous.
[Tiresias] Ça fait longtemps ?
[LArtiste] Pas mal ouais. Les premiers, j'ai dû les rencontrer dans un raid en 2014. Le Gamergate, ça te parle ? On a fait partie des premiers à soutenir EG.

Baptiste en a entendu parler. Tous en ont entendu parler, à l'époque. Lorsqu'un joueur critique une féministe sur le forum, un autre fait rapidement référence au Gamergate de 2014 et propose « un nouveau raid ». Pour plaisanter, bien sûr, pense Baptiste.

Christopher refuse le deuxième verre que Baptiste lui propose. Les légionnaires réagissent mal à l'ivresse ; si Baptiste perd le contrôle, il risque de troubler l'ordre de la Cité. Entorse au commandement n° 8. Baptiste veut répondre qu'il est tenté, tout de même, puisque après tout ce n'est qu'un jeu mais Christopher se fige : il vient de se déconnecter.

Un lundi par mois, Léa et Bourgel ont pour habitude de dîner ensemble, en tête à tête, dans une brasserie du VIIe arrondissement. Bourgel y tient pour maintenir un espace de discussion informel, cultiver leur *lien particulier*, échanges largement arrosés de puligny-montrachet. Jusqu'à présent, Léa ne lui a fait faux bond qu'une seule fois, deux mois auparavant, pour s'occuper de sa mère. Il ne l'a crue qu'à moitié et, dans le doute, s'est appliqué à rendre leurs relations exécrables jusqu'au dîner suivant.

Ce soir-là, son attachée parlementaire porte une chemise blanche qui laisse entrevoir un grain de beauté dans l'échancrure de son décolleté. Un minuscule point sombre qui retient son regard à chaque apparition, interprétée comme une provocation. Juste ici, entre ses seins, à l'endroit où il rêverait de glisser sa langue. Elle lui parle, il n'entend rien : cette marque brune sur sa peau claire captive trop son attention. Il ne se donne pas la peine d'ailleurs de faire semblant de l'écouter, privilège du sexe et de l'âge, il la laisse dire, jouissant de chaque respiration qui soulève sa poitrine et déplace le grain. Une jeune serveuse rompt sa rêverie pour prendre leur commande. Pas mal non plus.

Quand la gamine repart, le grain de beauté s'est faufilé sous le tissu. Léa reprend : elle suit de près les sondages, pense que le moment est venu de passer à la vitesse supérieure, les candidats des partis dominants patinent tandis que lui continue de progresser légèrement, il faut creuser l'écart de dynamique – il peine encore à décoller des 5 % d'intentions de vote. Les gens apprécient son franc-parler. Il sourit ; elle nuance : néanmoins, peu le jugent capable de rassembler. Peut-être faut-il lui construire une image plus fédératrice ? Une figure proche des gens, qui en même temps incarnerait un idéal ? Son image d'électron libre est un atout pour émerger mais ne suffira pas pour tenir la distance. Pour gagner, il faut inspirer confiance.

Il la fixe plusieurs secondes, termine son verre puis, sur un ton qu'il doit vouloir tendre et qu'elle juge condescendant, lui dit :

— Vous apprenez vite, Léa. Mais vous n'y êtes pas du tout. Vous savez ce qui fait voter les gens ? L'argent. Le reste, c'est de la littérature.

À sa surprise, Léa ne se laisse pas troubler :

— On dirait du Clinton dans les années 90… Les gens savent que vous êtes incapable de faire baisser le chômage. Ils ont raison, ça ne dépend pas de vous. Pas sûre qu'ils aient tellement plus d'espoir pour leur salaire. Ils n'attendent plus grand-chose, au fond. En revanche, ils continuent d'aimer les héros, les histoires : c'est ici que l'élection se joue.

— Et quelle histoire, d'après vous, devrais-je raconter ?

— Celle que vous racontez déjà dans votre livre, mais en l'incarnant plus franchement. L'itinéraire du combattant politique mêlé à la vie ordinaire du père de famille. Vous aurez déjà derrière vous les pères délaissés, les hommes frustrés, tous ceux qui se sentent piétinés alors qu'ils se rêvent en guerriers... Et toutes les femmes qui pensent devoir protéger ces orgueils blessés.

— Vous faites une belle conteuse, Léa. Vous êtes bonne stratège. Surtout pour une fille de votre âge. Vous me préparez un brouillon d'interview avec vos idées, et j'appelle des rédactions pour un article dans la semaine ? J'aime que vous me parliez franchement.

Léa répond qu'il vaut mieux éviter les journaux, que personne ne lit plus, et pour lesquels leurs discours paraîtront trop subversifs. Mieux vaut se concentrer sur les réseaux sociaux. S'ils travaillent des sorties provocatrices, ils peuvent phagocyter la fachosphère – il y trouvera un public tout acquis. Son nom circule déjà sur ses forums. Elle peut s'occuper de lancer la campagne virtuelle, recruter quelques gamers pour de l'astroturfing, elle a des contacts. Devant son froncement de sourcils, elle explicite :

— De l'astroturfing. Une sorte de propagande en ligne, si vous voulez, pour donner l'illusion d'une foule de soutiens. On crée de faux comptes Twitter qui servent à relayer vos messages. C'est pas très difficile à mettre en place et ça peut être très efficace si on choisit bien le timing et le message.

Le visage de Bourgel se détend à nouveau, et l'homme s'affaisse légèrement sur la banquette, ce qu'elle interprète comme une approbation.

La perspective d'être à la tête d'une armée de l'ombre l'excite : une armée invisible et diffuse, une milice de son temps. Il en faut une à tout grand homme. Il insiste pour qu'elle opère avec discrétion : les esprits faibles et autres ayatollahs de la démocratie sauraient le mettre hors jeu s'ils l'apprenaient. Et ce sont encore eux, hélas, qui tiennent une partie de l'opinion. Évidemment, répond-elle.

Elle tourne alors la tête pour commander un café pour elle, un déca pour lui, et dans ce mouvement découvre incidemment son épaule sur laquelle il aperçoit une tache mauve aux contours flous. Il se redresse immédiatement et lutte, souffle court, dents serrées, contre cette fureur familière qui peut en quelques secondes le posséder tout entier. Il sent les regards alentour braqués sur lui. Rester digne. Elle demande si tout va bien. Il ne répond rien. Ne pas céder à l'émotion. Il fixe le suçon sans parvenir davantage à dissimuler sa colère. Était-ce avec Thibault ? Il est certain qu'il lui tourne autour. Sa belle gueule ne doit pas la laisser insensible. Doué, le petit con. Et terriblement déloyal. Elle réajuste son col d'un geste vif :

— Oh, ce n'est rien. Un mauvais coup…

— Changez d'amant alors.

Son trait d'esprit suffit à lui rendre un peu de maîtrise. Il impose un long silence, désirerait qu'elle se confonde en excuses, comment peut-elle, comment ose-t-elle s'offrir à d'autres quand elle refuse que sa chair fraîche soit aspirée par lui, par lui *aussi*, éventuellement, à défaut d'exclusivité, lui dont le pouvoir croît chaque jour davantage, et dire qu'il n'y a pas si longtemps il aurait pu, il aurait suffi d'être un peu pressant…

— Vraiment, Léa, je ne vous comprends pas. Si je peux vous donner un conseil : utilisez vos nuits à dormir, vos coucheries vous filent de vilains cernes.

Elle est rompue à ses crises de jalousie. Elle esquive, elle oublie. Dans le métro qui la ramène chez elle, le dos contre la barre centrale, elle n'y pense déjà presque plus. Observe le reste du wagon.

Une trentenaire, Stan Smith aux pieds, les traits tirés, dévore un paquet de Haribo World Mix.

Un clochard qu'elle dirait du même âge s'est endormi sur une banquette de trois.

Assise dans un carré, une adolescente sourit, la tête penchée sur son téléphone. Face à elle, une dame aux cheveux blancs, le menton secoué de légers tremblements, la fixe d'un air réprobateur.

La gamine est en train de jouer. Léa reconnaît *Metal Gear Solid* aux premières notes du thème musical. Elle ignorait qu'il existait une version mobile. La vieille interpelle la jeune fille pour qu'elle baisse le son. Elle obtempère sans même lever les yeux en lâchant un soupir dont Léa se fait l'écho : elle aurait voulu elle aussi entendre quelques secondes de plus cette mélodie empreinte de nostalgie.

Léa relève la tête, lance son regard à travers l'allée dessinée par des néons criards, de plus en plus loin, son esprit absorbé par cette lumière hypnotique, son corps ondulant au rythme des mouvements de la rame. Entourée de silhouettes étrangères, prisonnière de ce tube lumineux qui fend l'obscurité, elle s'imagine happée dans l'un de ces univers virtuels qu'elle aime arpenter, en partance pour ailleurs, impatiente de se voir confier une nouvelle quête, qu'on lui désigne un monstre à abattre, un donjon à gravir, un canyon à traverser.

Une femme d'une soixantaine d'années est penchée au-dessus d'une table couverte d'une nappe en plastique rose pâle tandis que sa fille, assise à sa gauche, regarde son téléphone. La cuisine est étroite, comme toutes celles de cette vieille tour HLM, l'une des rares rescapées de la vague de démolition des années 2010.

— *Abnati,* tu as l'air bien fatiguée… Tu travailles trop. Je te ressers ?

Léa pose son iPhone et tend son assiette ébréchée. Elle n'a pas d'appétit mais juge inutile d'alimenter les inquiétudes maternelles. Le tajine aux citrons confits vaut communion et, tant que son assiette est pleine, elle est autorisée à garder le silence. Sa mère dépose un nouveau morceau de blanc de poulet et l'arrose de sauce aux agrumes.

— Tu ne racontes rien ? C'est fou ça, tu me dis jamais rien… J'ai dit à Mme Hernandez que tu faisais de la politique et je savais même pas pour quel parti… C'est quoi, le parti de ton patron ?

— Il n'en a plus.

— Ah bon. Et il s'appelle comment, déjà ?

— Peu importe, c'est pas important.

Il est rassurant que sa mère oublie.

— Ça va ton dos ? Et ton cœur ? reprend Léa, avec plus de douceur pour contrebalancer son sentiment de culpabilité.

— Tsss tu évites, toujours tu évites… ça va. Le docteur m'a donné de nouvelles pilules, j'ai moins mal mais ça me fait un peu dormir. Je t'ai dit que ta cousine Loubna allait se marier ? Avec un garçon qui travaille dans le même restaurant qu'elle, un apprenti chef, j'ai vu des photos, il est beau comme un soleil, il a l'air gentil… Et toi alors ? Tu ne rencontres personne, dans ton travail ?

Léa s'empresse d'ingurgiter un nouveau bout de viande pour garder la bouche pleine mais sa mère insiste :

— Pourquoi tu me dis rien ? Tu veux que je te rappelle de quel ventre tu es sortie ? Parle-moi. Je mérite bien ça, non ?

— Arrête un peu… J'ai rien d'intéressant à te raconter, c'est tout. Il y a un garçon au bureau que je trouve sympathique, il écrit les discours de mon patron…

— Et ?

— Pfff, t'es lourde…

Sa mère sourit, l'objectif est rempli.

Et puis la priorité c'est le travail, tu me l'as toujours dit, non ?

— Tu as raison. Si j'avais travaillé plus tôt, moi, je me serais moins laissé avoir… Mais c'est pas tout non plus, le travail. Y a un âge pour les femmes qui veulent une famille… C'est bien, ça, un garçon qui écrit. J'ai eu Djibril au téléphone hier. Il demande toujours après toi. Il est beau garçon lui aussi. Il a repris le magasin de son père, ça marche bien, tu sais… D'ailleurs, tu devais pas retourner à Grenoble avec ton patron ? Tu pourrais passer le voir, et saluer ta tante, ça leur ferait plaisir.

— J'y suis allée déjà.

— Et tu ne m'as rien dit ?! s'exclame sa mère en haussant la voix.

— Non, j'y allais pour le travail. Pas pour faire le tour des cousins.

— Tu ne penses qu'à toi, Lya ! Je sais pas ce que j'ai fait pour que tu sois comme ça. Intelligente y a pas de problème, mais égoïste, ha ça oui ! Je connais personne d'aussi égoïste que toi.

Lya. Il n'y a que sa mère pour l'appeler ainsi. Son père tenait à un prénom arabe, sa mère en redoutait les stigmates : Lya s'est imposé comme un compromis aux origines incertaines.

Il est parti avant qu'elle ne sache l'écrire, sans lui laisser aucun souvenir ; aucun du moins dont elle soit certaine. Il y a eu cette conversation dans la cuisine entre sa mère et sa tante qu'elle n'était pas supposée entendre, à six ans, sept peut-être, dont il semblait l'objet. Elle les a entendues prononcer son prénom – qu'elle avait déchiffré sur le livret de famille – à voix basse, plusieurs fois, jamais très loin de son prénom à elle, et sa mère a parlé de « main courante ». L'expression l'a fait sourire à l'âge où l'on savoure les images de la langue – la bouche cousue, les fourmis dans les jambes et l'estomac dans les talons. Puis, par l'entrebâillement de la porte de la cuisine, elle a aperçu de grosses larmes tomber du visage de sa mère sur le carrelage. C'est à peu près tout ce qu'elle connaît de son histoire. Par la suite, elle a évité les questions à propos de son père.

Lya peut vouloir dire lionne, gazelle, ou, tout aussi bien, « fatiguée » – les linguistes sont partagés. À l'image de son prénom, la jeune Lya a été une enfant équivoque : farouche mais d'une présence si forte qu'elle s'attirait les amitiés sans même les désirer, bonne élève quoique souvent distraite et peu disciplinée, grande et pourtant prompte à se fondre dans la foule. *Harba'* disait sa mère en souriant, l'œil empli d'amour et de nostalgie devant sa fille qui s'éloignait déjà.

Lya a fini par adopter « Léa ». Par résignation, d'abord, puisque les gens l'entendaient ainsi lorsqu'elle se présentait. Et puis « Léa » convenait davantage à sa peau étonnamment claire et à ses iris jaune et vert, pensait-elle. Avec Léa, personne ne poserait de question. Exit l'angoisse des origines. À elle le luxe du secret. Il n'y aurait plus grand-chose pour la trahir. Sa playlist, peut-être.

ACTE 2

ιρλ

En initié, Christopher s'en tient à l'acronyme : PGW. La Paris Game Week débutera le mercredi, mais les plus gros events sont prévus le samedi. Le dimanche après-midi, Bourgel tiendra un premier meeting en banlieue parisienne, auquel Christopher veut à tout prix assister. Baptiste a signé pour l'ensemble du programme sans hésiter, inspiré par l'entrain de son nouvel ami.

Le salon ouvre à 9 heures, Christopher lui a mis la pression. Il arrive gare de Lyon par le premier train. Il presse le pas, le nez en l'air pour repérer les panneaux de la ligne 1, change à Bastille pour la 5, suivant avec application les notes de son téléphone pour ne pas se tromper, impatient de s'extraire de la faune locale qui le bouscule sans cesse – « à droite, monsieur, vous gênez le passage là. »

L'odeur rance des couloirs lui procure le même haut-le-cœur qu'à ses quinze ans, lorsque sa classe de quatrième était venue passer une journée à Paris pour visiter l'Assemblée, à la faveur de vagues liens de parenté entre son prof principal et un député. Il se sent fier de s'y rendre à nouveau, seul cette fois-ci. La nausée se dissipe aussitôt qu'il se retrouve à l'air libre ; d'un pas plus léger il slalome entre les passants et les terrasses déjà bondées des cafés d'Oberkampf.

Au deuxième étage d'un immeuble années 50, Christopher trépigne d'impatience. Il a prévu des croissants mais propose de les avaler en route pour ne pas perdre de temps. Baptiste a à peine le temps de jeter ses affaires sur le canapé qu'ils s'engouffrent déjà dans un taxi en direction du Parc des expositions.

Ce n'est qu'à l'intérieur de la Volkswagen noire que Baptiste peut enfin observer Christopher avec attention. Il trouve étrange cette première vraie rencontre alors qu'ils discutent depuis des mois. Il ne sait pas trop quoi lui dire. La proximité de leurs deux corps paraît soudain réfréner la fluidité ordinaire de leur conversation.

Le visage de Christopher est juvénile et rond, ses cheveux courts coiffés en brosse sont noyés dans un excès de Vivelle Dop – Baptiste reconnaît l'odeur, associée aux heures peu glorieuses de son adolescence. Il repense au beau quadragénaire de la photo de profil de LArtiste, mâchoire carrée et regard sûr. Sous cet angle, le nez de Christopher retient son attention. Il le trouve un peu cabossé, pas tout à fait dans l'axe. Alors qu'il mord dans son croissant, des effluves de Mennen senteur marine l'incommodent.

La tension se dissipe lorsque Christopher interpelle leur chauffeur. Est-ce qu'il fait ça depuis longtemps ? Et que pense-t-il des VTC ? Il n'en faut pas plus pour l'échauffer – sur la concurrence déloyale au profit d'immigrés, financés par les Américains, en plus, alors que lui bosse comme un fou, n'a jamais compté ses heures ni ses efforts depuis vingt ans. Christopher acquiesce, renchérit même, puis la conversation dérive sans que Baptiste saisisse bien les liens, son attention happée par le défilé des rues de Paris, vers des histoires de corruption de la classe politique et d'intérêts cachés, de crise mondiale orchestrée par Bill Gates, Starbucks, Taylor Swift et l'Arabie saoudite. À la fin de la course, la mine réjouie, Christopher laisse un gros pourboire.

Casquette rouge enfoncée jusqu'aux sourcils, torse bombé, Christopher précède Baptiste à travers les larges allés que dessinent des rangées de machines. Tout aussi enthousiaste, moins matamore, Baptiste le suit d'un pas léger, à l'affût de l'espace PlayStation, fidèle compagne de son adolescence. Il a l'impression de connaître déjà l'endroit pour l'avoir arpenté virtuellement des dizaines de fois à travers les vidéos de ses streamers favoris. Il est heureux de s'y trouver enfin. Les façades d'écrans géants sont encore plus impressionnantes en vrai. Le hangar lui paraît immense, d'autant que la foule n'est pas encore dense. Dans quelques heures, pour les demi-finales de *League of Legends*, elle dévorera tout l'espace. Il le redoute mais tente de ne pas y penser. Il tourne la tête dans tous les sens, tel un gamin lâché en pleine fête foraine, voudrait tout tester et tout voir de ces quatre-vingt mille mètres carrés, poussé par une excitation si forte qu'il ne sait par où commencer.

Christopher donne le cap et l'entraîne vers le stand Asus pour retrouver d'anciennes connaissances. Il raconte les avoir connues lorsqu'il dirigeait une franchise de vente de matériel informatique. Une vie ancienne qui lui semble maintenant bien lointaine, avant le coaching et le streaming. À cette époque, il galérait avec les filles. Les gars sont sympas mais tous un peu dalleux, prévient-il avant d'arriver à eux.

— Morandi ! Quel honneur ! s'exclame un petit aux cheveux courts peroxydés, sweat noir à capuche, paire de Yeezy 350 V2 aux pieds. Tu viens pour qu'on fasse la pub de tes nouveaux codes créateur *Fortnite* ?

— T'inquiète j'en suis plus là, gros. J'te présente Tiresias. Retiens le blase.

Christopher adresse à Baptiste un clin d'œil, lequel peine à entendre leurs voix couvertes par des basses assourdissantes.

— Alors, toujours à sucer la bite au grand patron ? lance Christopher.

— Vas-y, arrête de faire crari, j't'ai vu faire la pute sur Twitch pour une marque de déo. C'est dire si tu pues, mec…

— Et toi, toujours puceau ? réplique Christopher.

Le petit en capuche dresse le majeur. Christopher lance un crochet dans sa direction, esquivé sans peine. Baptiste les observe, amusé de voir Christopher déséquilibré par son propre coup dans le vide.

La conversation s'engage sur les prochains Worlds de *LoL*. Après deux annulations dues à la pandémie, le grand retour promet d'être *mythique*, assure le mec aux Yeezy. Christopher envisage une virée aux États-Unis pour l'occasion, paraît que la finale se tiendra à San Francisco, il pourrait faire un crochet par L.A. pour saluer ses *bros*. Le petit vise plutôt les play-in à Mexico City, compatibles avec une escale à Cancún, bon délire.

— Cancún c'est dar ouais. Y a des meufs là-bas, t'as pas idée…

— Fais pas genre mec. Ça marche au fait, ton biz de coaching ou je sais plus quoi ? J'ai un collègue qui se fait grave retourner le cerveau par sa meuf, je lui ai parlé de ton affaire, la théorie de la jeune fille et tout… je lui ai dit de te follow.

— Dis-lui de m'écrire directement. Et puis hésite pas toi non plus, le jour où tu voudras enfin ken, t'es tout pâle…

Tandis que l'homme en hoodie dresse de nouveau le majeur, Christopher fait un signe de tête à Baptiste. Ils s'éloignent.

Au stand PlayStation, ils lancent une partie de *FIFA*. Baptiste domine le jeu, Christopher fournit en retour des arguments de mauvaise foi – il n'a pas pris son équipe favorite et les boutons arrière de sa manette s'enfoncent mal – jusqu'à la survenue à la soixante-huitième minute de deux filles, trois écrans plus loin, à leur droite. Elles s'installent à leur tour devant une console. La première est brune aux cheveux longs, les avant-bras couverts de tatouages tribaux, la seconde porte un carré violet. Christopher arrête de jouer pour mater. Il les désigne à Baptiste en haussant les sourcils et en agitant la langue, l'œil lubrique, grimace dont la grossièreté les fait rire.

— Vingt balles que je lève la brune ? lance Christopher.

— Trente que t'arrives à R. Ça se voit direct qu'elles sont venues jouer entre copines, tu vas trop les saouler…

Christopher ne répond pas, vexé. Baptiste cherche à se rattraper :

— Ça va, détends-toi. Vingt balles si tu veux, et j'te regarde – c'est ce que t'appelles un field, non ?

— Tu sais quoi ? T'as raison. Pour un field, c'est dead ici. Les meufs du gaming, c'est pas la cible.

— Pourquoi ?

— Elles sont chelous. Du genre fétichistes des cosplays. Pas trop mon délire quoi. Vas-y, on bouge, ça m'a saoulé *FIFA*. On n'a qu'à faire un tour non ?

Frustré de quitter le match si près de la victoire – il soupçonne Christopher d'être mauvais perdant –, Baptiste le suit toutefois sans le contredire. Le stand Xbox est déjà pris d'assaut. Plusieurs personnes se pressent dans le dos d'un homme aux cheveux longs, barbe brune épaisse, pour assister à la conquête d'une ville fortifiée. À la façon dont il a disposé son armée, à la vitesse à laquelle il sélectionne ses armes et boucliers, Baptiste comprend qu'il est expérimenté. En le dévisageant plus longuement, il lui semble avoir déjà aperçu son visage dans un tournoi sur Twitch mais il est incapable de retrouver son pseudo. Ils restent une vingtaine de minutes à observer la partie puis cherchent à jouer à leur tour.

La seule console disponible propose un jeu coopératif qu'ils ne connaissent pas, où des humains à taille de fourmis doivent affronter des hordes d'insectes géants et lutter pour survivre dans un jardin semé de pièges. Sa tendresse pour *1 001 Pattes* ne suffit pas à convaincre Baptiste de saisir la manette. Pour lui, les premières heures d'un nouveau jeu doivent se vivre seul, à l'abri des regards, comme un moment intime. Christopher décrète que le pitch est débile et se précipite vers un siège de simulation de vol qu'un gamin vient de libérer. Baptiste poursuit sa déambulation. Il finit par s'installer au volant d'une Lamborghini rouge, pour sillonner à deux cents kilomètres-heure le somptueux désert de Chihuahua, jusqu'aux cascades du Chiapas.

À l'heure du déjeuner, après un détour au food-court pour s'approvisionner chez Monsieur Saucisse, ils dévorent deux hot-dogs contre les barrières du stand EVA. Deux gamers s'affrontent, armes factices en main et casque de réalité virtuelle sur la tête. Ils se déplacent à la surface d'une immense carte, au gré de formes géométriques noires et blanches qui symbolisent des murs et couloirs en mouvement. Un écran géant diffuse leur combat en temps réel, pour le public.

— L'expérience de jeu doit être ouf, mais vus de l'extérieur, ils ont l'air un peu con, non ? fait remarquer Baptiste.

— Grave, répond Christopher en rigolant.

Pour eux, comme pour tous les passionnés venus à la PGW ce samedi-là, la scène la plus mémorable se déroule en début d'après-midi. Sur le programme, un énigmatique « 14.00 : SURPRISE + Guest Star (stand Nintendo) » qui attire les curieux. Il se murmure que l'éditeur présentera le trailer d'un nouveau jeu. À en juger par la foule dans laquelle Baptiste et Christopher se faufilent, le teasing a fonctionné.

Il est 14 heures précises lorsque l'écran géant s'allume sur une large prairie ensoleillée. Le plan-séquence semble capté par un drone qui survole des champs dorés parsemés d'étangs scintillant au soleil. Soudainement, le ciel s'assombrit : des feuilles tourbillonnent, les arbres se courbent, tandis qu'une musique épique s'élève. Au loin, une silhouette encapuchonnée se dresse sur un cheval noir. La caméra s'approche. Le cavalier retire sa cape et tous reconnaissent Link, vieilli de quelques années. Puis le trailer se poursuit dans un décor similaire à la précédente édition du jeu, avec de nouveaux personnages toutefois, des graphiques plus précisément définis.

C'est à l'instant où la vidéo s'achève que le plus fou se produit : sur scène, en hologramme, Shigeru Miyamoto prend forme dans un rire de jubilation. Les yeux écarquillés, la bouche ouverte façon trip sous LSD, Baptiste peine à le croire : Shigeru Miyamoto. Le légendaire créateur de ses compagnons d'enfance – Link, Mario, Donkey Kong, qu'il a plus fréquentés que n'importe quel héros de Walt Disney –, désormais tout aussi mythique que ses créatures fantastiques, Shigeru Miyamoto devant eux, tout sourire, prêt à leur parler.

— *Good afternoon! I am so happy to be with you guys. Well, to be virtually with you, but what's the difference, right? As you probably understood, here is the new version of* Zelda. *Link has grown up, just like me, just like you... He's still the same, but different. He'll act and feel differently, in some ways, than in previous episodes. Hope you will enjoy it*[1]*!*

Après ces quelques phrases, Miyamoto s'évapore. Une apparition merveilleuse et fugace à la manière du père Noël, pense Baptiste, avec pour traîneau une toile de câbles sous-marins. Mais Christopher ne lui laisse pas le temps de rêver davantage :

— On décale ? Les demi-finales de *LoL* commencent dans dix minutes, je passerais bien boire un truc avant.

Porté par une douce euphorie, Baptiste plane au-dessus du reste de leur après-midi.

À l'approche de la fermeture, ils rejoignent en métro le centre de Paris, sortie Les Halles. Un terrain propice au street pickup, d'après Christopher. Après, ils pourront bifurquer vers l'est, si Baptiste veut découvrir un peu *Paname*. Mais d'abord, il doit apprendre *deux trois trucs* ;

1. « Bonjour ! Je suis si heureux d'être avec vous aujourd'hui. Enfin, virtuellement, mais quelle différence n'est-ce pas ? Comme vous l'avez probablement compris, voici une nouvelle version de *Zelda*. Link a grandi, comme vous, comme moi... Il est le même, mais différent. Il agira et éprouvera les choses autrement que dans ses précédentes aventures. J'espère que ça vous plaira ! »

le coach montre tant d'enthousiasme qu'il accepte de se prêter au jeu.

Ils s'asseyent sur un muret blanc le long des pelouses.

— On va faire un premier essai, dit Christopher. Tu prends l'attaque, je suis ton copilote. Tu cibles une meuf. Celle-là par exemple (Christopher désigne du menton une fille en jean slim, crop top blanc et talons compensés argentés, allongée sur le gazon.) Direct, tu l'abordes. Ça te parle, la règle des trois secondes ?

Baptiste agite la tête. Un post du forum qu'il n'a jamais lu lui revient, avec cette idée qu'on peut manger un truc tombé par terre si le contact avec le sol dure moins de trois secondes – il lui semble peu probable que Christopher fasse référence à ça.

— En gros cette règle te dit qu'il faut pas réfléchir. Dès que tu repères une meuf, il faut te lancer et l'aborder, même si y a pas eu d'EC, même si t'as aucune idée de la suite, parce que ça signale que t'as de l'assurance tu vois. En trois secondes, t'as pas le temps de devenir nerveux, de transpirer de ouf, de trembler, bref de passer pour un AFC en panique. Tu donneras l'impression d'être confiant et spontané et c'est cette première impression qui va rester. C'est Neil Strauss qui a lancé le concept dans *The Game*, pour ta culture perso.

— OK. Et après ? Genre, je m'assieds à côté ?

— Je te conseille l'approche directe. La meuf doit pas se demander ce que tu fous. Si t'es pas clair, elle va se poser des questions. Mauvais start. Donc par exemple tu dis que tu la trouves jolie, qu'elle dégage une bonne énergie, ou un truc du style, un compliment, mais plutôt sur ce qu'elle porte que sur son physique, ça la valorise davantage. Un truc précis c'est mieux, genre t'évite « J'aime ton look », à la place tu dis « J'adore tes chaussures. » Et un « ça va ? » qui crée de la connivence, tout d'suite. Ça paraît con mais c'est un bon opener. Et surtout tu finis par une question, du genre « t'es d'ici ? »

Baptiste le regarde, sourire aux lèvres, amusé par le sérieux de son coach :

— C'est un truc de gros relou, ton speech, en fait…

— Tu veux que je te sorte mes stats ? T'en chopes au moins six sur dix avec ces techniques. J'ai entraîné des mecs, t'imagines même pas leur gueule, au départ, genre trente piges cheveux gras, T-shirt de manga, incapables de décoller les yeux de leurs baskets. Avec mon training, y en a pas un qui est resté puceau. Y en a même qui ont réussi l'instant F-close en drague de rue… Mais si tu veux continuer à te morfondre sur ton ex, vas-y.

Baptiste presse sa langue contre ses incisives supérieures pour sortir un « Tsss » énergique.

Forcé de constater que son élève n'est pas d'humeur à passer à l'action, Christopher propose de rejoindre un bar et le conduit dans un pub australien fréquenté par les étudiants pour le prix de la pinte et leur meat pie à tomber, assure-t-il, même si ce soir, s'ils doivent chasser, il préfère manger léger : il commande une salade César. Baptiste opte pour la chicken parma. Et deux pintes, ajoute Christopher.

— OK, si t'es pas chaud pour la pratique, on peut se faire un peu de théorie. Tu connais celle de la jeune fille ?

— Non. Enfin si, je crois que j'avais lu un truc là-dessus, sur ton site, mais j'ai oublié…

— C'est pas très compliqué : tu vois à quoi ressemble une gamine de dix-sept ans, surprotégée par papa-maman, qui débarque dans une grande ville après avoir eu son bac ? Du genre la petite pute narcissique qui bouge son cul en boîte à s'en déboîter les hanches ?

Baptiste hoche légèrement la tête, davantage concentré sur le retour du serveur – Monsieur Saucisse est déjà loin, son estomac gronde comme un orc.

— Et ben cette meuf, c'est un peu toutes les meufs, peu importe l'âge. On appelle ça un archétype. La jeune fille est superficielle et ultraégoïste, elle ne pense qu'à satisfaire son désir. Elle ne réfléchit que par rapport à ça. Toi, t'es l'objet qui sert à satisfaire ce désir. Et ça sert à rien de chercher autre chose… Quand tu le sais, t'es plus déçu. Tu vois ?

— Hum…

Le garçon ne prête qu'une molle attention aux explications du coach. Ses théories sur les femmes n'ont pas l'air débiles, du moins s'il en juge par ce que racontent les mecs en ligne, mais il ne dirait pas de Nina qu'elle était superficielle. Pour S., ça lui parle davantage. S. préoccupée par son désir, oui, c'est certain.

Son téléphone vibre. Un SMS de Jérôme pour lui demander s'il a pu prendre un selfie avec Miyamoto et comment c'est, en vrai. Flemme de répondre. Il replonge l'engin dans sa poche.

Le serveur les interrompt en déposant devant eux une assiette de poulet recouvert de fromage fondu. Tandis que Baptiste avale sans attendre une première bouchée, Christopher poursuit, imperturbable :

— Mais d'ailleurs, on a tous une part de jeune fille, mec. Et la société l'utilise à mort. Tous les médias mainstream s'adressent à la jeune fille en nous. Elle nous rend émotifs et dociles. Tu vois, la fille qui allume des bougies à chaque attentat sans réfléchir aux causes, qui pleure pour un gamin mort dont les médias parlent en boucle, sans se demander pourquoi on parle autant de ce fait divers plutôt que de tous les autres gosses qui crèvent dans le monde... Elle ne sait pas raisonner, elle est facile à manipuler...

— Donc les kheys qui paient tes séances de coaching, ce sont un peu des jeunes filles aussi, non ?

— Ben ouais, un peu, répond Christopher en souriant. Mais grâce à moi, ils renouent avec leur part virile. Bref, tout ça pour te dire que c'était inévitable que ta meuf te trompe. Ça n'a rien à voir avec toi, c'est le produit de son cerveau d'éternelle adolescente. Passe à autre chose.

Contrairement à ce que croit Christopher, Baptiste ne se morfond plus à propos de S. Après d'innombrables vagues de SMS en plein milieu de la nuit, longs et confus, à la syntaxe dynamitée et souvent peu compréhensible, miroir du chaos de ses émotions – Baptiste s'en foutait, tout accaparé par sa rage d'homme trahi –, S. l'avait bloqué. Il l'avait compris lorsqu'elle avait fini par décrocher alors qu'il avait appelé en numéro masqué.

Cette fois, il n'a pas voulu capituler. Il s'est rendu aussitôt au cabinet de la jeune femme pour casser la gueule à l'amant, s'est ravisé après trois échecs de digicode, et a finalement campé devant chez elle, assis par terre en compagnie d'un pack de bière qu'il a eu le temps de descendre intégralement avant son retour.

Elle s'est figée en l'apercevant. *Va-t'en, Baptiste, je n'ai rien à te dire.* Il a titubé en se relevant et articulé avec difficultés *J'te préviens, tu fais la plus grosse connerie de ta vie.* Il savait mieux que les autres comment la rendre heureuse, elle lui devait beaucoup, il l'aimait encore même si elle l'avait traité comme un chien. Elle a répondu qu'elle le trouvait pathétique, qu'il puait l'alcool, qu'elle a passé l'âge.

C'est à cet instant-là qu'il s'est jeté sur elle. Le corps animé d'une fureur étrange, les deux mains sur sa gorge, comme dans les films – voilà l'image qui guidait son geste plutôt qu'un quelconque instinct –, il a serré fort avant d'être interrompu, non par le cri de S., projeté jusqu'au huitième étage, d'une acuité à lui transpercer les tympans, mais par l'éclat de terreur qu'il a perçu au fond des yeux exorbités de la jeune femme. Il s'est laissé glisser au sol, puis recroquevillé en boule, en silence.

Elle a grimpé en courant les marches jusqu'à chez elle. Baptiste peut encore entendre son souffle haletant. Il n'a plus cherché à la revoir.

Après trois heures en tête à tête passées à commenter des silhouettes sans les approcher – Baptiste si peu d'humeur, Christopher satisfait de détailler ses nombreuses théories –, le coach en séduction propose d'aller à Belleville. Les filles font ça bien, et pour pas cher. Elles connaissent ses préférences. Plus confortable qu'avec une inconnue. Mieux qu'à Berlin même, où il s'est rendu plusieurs fois, pour participer à une orgie romaine dans une maison close du centre-ville

— Un décor antique illuminé aux chandeliers, c'est excitant tu vois, mais toujours moins bien qu'avec les filles d'ici, moins personnalisé quoi.

Baptiste ne répond rien. Christopher doit penser qu'il désapprouve et cherche à se justifier, assure être respectueux et courtois, ne payer que des filles expérimentées, pas des gamines, toujours demander leur âge. Baptiste acquiesce alors d'un signe de tête pour dissiper tout malaise.

— Alors, tu veux test ? insiste le second.

— Nan, je le sens pas. Et puis j'ai trop bu, mec.

— En fait, khey, t'es un MGTOW ! s'exclame Christopher.

Baptiste le regarde sans comprendre.

— Un MGTOW. *Men going their own way.* Tu veux plus baiser, quoi. C'est comme ça qu'on appelle les gars comme toi. Une sorte de version désabusée des *incels.*

— C'est pas l'sujet, je suis claqué, c'est tout.

En réalité, Baptiste flippe. L'idée de devoir jouir devant une étrangère l'angoisse. D'ailleurs, le sexe l'ennuie.

La plupart du temps, en tout cas. Il ne l'a jamais dit à personne. Il sent bien que c'est anormal, à force d'entendre ses congénères ériger leurs éjaculations au rang d'onction suprême. Lui trouve l'orgasme décevant. Une vague chaleur, un soulagement, pas de quoi lui retourner la tête. Son gland est peu sensible, si ce n'est autour du frein mais elles ne savent jamais s'y prendre. Il s'est reconnu un jour dans le post d'un mec qui s'inquiétait de ne pas kiffer la levrette, de préférer le missionnaire pour regarder la fille dans les yeux. Le pauvre s'était fait allumer par la communauté, *une levrette à même le sol qui brûle les coudes et les genoux, voilà ce que cherchent les femmes, les meufs adorent se faire gifler, mais t'es peut-être pédé, ou puceau ?*

Dans le doute, il fait semblant. Comme les autres. D'autant que ce relatif désintérêt pour la baise fait de lui un amant endurant, ce qui lui a valu une solide réputation lorsqu'il était avec S. – les filles, elles, parlent davantage de ces choses-là. Ce qu'il crève de ne plus sentir, en revanche, dans cette solitude qui dure, c'est le contact d'une peau brûlante, une présence humaine contre laquelle se réchauffer, un corps où se cacher. Pour le reste, il préfère se branler.

La nitescence de son écran quinze pouces, seule source de lumière dans l'obscurité, fait ressortir l'ombre de ses cernes ; au centre de cette auréole, ses pommettes saillantes et le relief de ses clavicules. Le ronronnement du ventilateur, le clapotis des touches qu'elle percute avec frénésie composent une mélodie familière, rassérénante.

Le tableau est devenu ordinaire. Elle s'est refrénée au départ, lorsque ses troubles du sommeil ont réapparu, consciente que la lumière bleue aggrave les insomnies. Après plusieurs nuits blanches, constatant l'inefficacité des tisanes au CBD et des huiles essentielles en tout genre, elle s'est laissé tenter : elle a lancé *League of Legends* sur une plateforme de jeux en ligne. Elle a choisi son avatar – Tristana, une petite yordle à la peau bleu pastel armée d'un canon boomer –, s'est glissée dans son corps avec la même aisance que si elle l'avait quitté hier ou presque, le temps de se remémorer les enchaînements qui conviennent le mieux à son énergie. Elle s'est d'abord baladée à Bandle City, à l'écart du tumulte, comme au bon vieux temps, émue de contempler à nouveau les maisons à colombages baignées d'une lueur dorée, dressées au milieu d'une végétation luxuriante, regroupées tout autour d'une fontaine de cristal. Puis, l'émotion des retrouvailles dissipée, le désir d'aventure s'est emparé de la yordle. Tristana a rejoint un commando.

Être agile, stratège, savoir se rendre indispensable à l'équipe, tirer au bon moment, battre en retraite lorsqu'il le faut : l'adrénaline de son adolescence a rejailli d'un coup. Elle s'est souvenue de sa première fois, dans la peau d'un jeune homme, courant à travers le labyrinthe d'un château aux murs épais pour libérer une princesse et la rendre au jour. Cette image suffisait à décrire la plus douce partie de son enfance, dans les couloirs de *Prince of Persia*.

Difficile, ensuite, de s'arrêter : après *League of Legends*, elle a fait un tour sur *Fortnite* puis testé ce qu'elle valait encore à *World of Warcraft*. Le lever du soleil l'a prise au dépourvu.

Maintenant, elle ne sait plus dire si c'est l'insomnie qui explique son retour au jeu, ou l'inverse. Elle connaît son talent. Le savoure, en jogging sur son lit, les bras appuyés sur de lourds oreillers – les tendinites l'ont plusieurs fois mise hors jeu. Elle aime céder à son addiction, en pleine nuit de préférence, à l'heure où ne se retrouvent que les vrais drogués du gaming, y cède d'autant plus facilement qu'elle sait désormais se donner une discipline : elle a programmé son PC pour qu'il s'éteigne après deux heures de jeu. Ce compte à rebours accroît l'intensité des parties et lui permet de ne pas trop sacrifier son sommeil – voilà pour l'intention, quoiqu'elle peine en général à s'endormir ensuite. Elle sent bien que le compromis n'est pas tenable à long terme tant la fatigue engourdit son esprit les matins suivants. En même temps, elle sait combien ces escapades nocturnes lui sont salutaires.

Depuis que Bourgel a accepté de lui confier la direction de la propagande virtuelle, ses journées de travail s'allongent et la pression sur ses épaules augmente, en proportion de ses succès. En quelques semaines, elle a su le convaincre de l'importance primordiale de son activisme virtuel. Elle avait commencé seule, en faisant circuler un mème de Bourgel sur plusieurs groupes de neurchis populaires, du genre basique, une photo du candidat hilare avec en commentaire : « QUAND ON ME DIT QUE BIDAULT S'IMAGINE AU DEUXIÈME TOUR. » La diffusion ne s'était pas élargie au-delà de ses traditionnels comptes de relais, mais la tentative avait plu à Bourgel. Quelques jours plus tard, elle avait enchéri avec des photomontages qui superposaient le visage du candidat à des figures de l'histoire de France dans leurs représentations les plus connues – Louis XIV en costume de sacre, Napoléon sur son cheval au col du Grand-Saint-Bernard, de Gaulle lors de l'appel du 18 Juin. Elle les avait postées sur les forums JVC et AVN, diffusé sur Twitter via une cinquantaine de faux comptes, en se faisant aider par Thibaut et plusieurs membres des Jeunes Sympathisants souverainistes – ou « JSS », comme ils avaient pris l'habitude de désigner leur nouvelle association de jeunes militants.

Avec cette seconde série, elle misait sur l'autodérision, Bourgel étant régulièrement traité de mégalomane par ses anciens camarades de parti – une psychose répandue parmi les politiques, constatait chaque jour Léa. Par ailleurs, il lui semblait que tout parallèle, même grotesque, avec d'illustres chefs renforcerait la visibilité de ses ambitions présidentielles.

L'opération avait fonctionné : les mèmes avaient été largement relayés, tant par ses adversaires qui, en réagissant au premier degré, n'avaient pas mesuré la publicité qu'ils lui offraient, que par des dizaines de milliers d'internautes pour des motifs très variables – certains par soutien au seul candidat « qui défendait l'histoire de France », d'autres pour se moquer de ces montages un peu cheap.

Séduit par la simplicité avec laquelle elle parvenait ainsi à faire parler de lui, Bourgel commençait à s'investir de plus près dans ces opérations. Il exigeait des reportings du nombre de partages, un résumé quotidien des réactions, s'agaçait dès que les chiffres plafonnaient. Quand elle lui expliqua que le degré de viralité des contenus était une fonction exponentielle de leur radicalité, et qu'un moyen d'augmenter considérablement une audience consistait à multiplier les déclarations polémiques, il n'hésita pas un instant : « Qu'attendons-nous alors ? Je pense en avoir un bon stock, non ? »

Les souvenirs de Serge leur permirent d'exhumer de vieilles archives radio et télévisées. Ils auraient préféré compter sur les journalistes, mais le candidat à la présidentielle n'était pas encore suffisamment pris au sérieux pour que ces fouilles fastidieuses soient jugées rentables. Léa découvrit alors un jeune Bourgel journaliste polémique, infiniment plus trash que le réac grisonnant qu'elle pensait servir. Une séquence en particulier déclencha son malaise, qu'elle visionna de retour chez elle après une séance de nuit éreintante. Sur le plateau de télé d'une émission de deuxième partie de soirée, il appelait au rétablissement de la peine de mort et à un doublement systématique des peines pour les étrangers condamnés par la justice, pour quelque motif que ce soit, accompagné d'un retrait de nationalité. C'est moins le propos qui la troubla – elle ne l'entendait pas pour la première fois – que la dureté de son regard face caméra, son exaltation et la détermination avec laquelle il tenait tête à son contradicteur. Elle y voyait davantage qu'une énième provocation. Ce jeune-là semblait pétri de sombres convictions. Troublée au moins, un peu apeurée sans doute, elle omit volontairement de l'enregistrer dans le dossier des « contenus disponibles ». Puis elle passa aux archives suivantes.

Pour le premier buzz, par esprit tactique, il voulut jouer la carte de la misogynie : « Vous me dites que la femme est l'avenir de l'homme ? Vous m'annoncez l'Apocalypse ! » lançait-il dans un court extrait vidéo à une militante féministe, un sourire narquois aux lèvres. En quelques heures, les hashtags #AntiApocalypse et #BourgelNostradamus se placèrent en top trend Twitter et s'y maintinrent pendant quarante-huit heures. Trois des cinq principaux journaux nationaux lui consacrèrent un court article.

Dans les jours qui suivirent, sur JVC et AVN, les topics consacrés à Bourgel commencèrent à proliférer. Léa contacta les éditeurs des posts les plus favorables pour les remercier et les inviter à visiter la page internet de Bourgel, sur lequel ils pouvaient s'exprimer dans un forum « sans langue de bois ni censure », ou s'amuser avec un générateur de mèmes à partir des images du candidat et de ses principaux opposants. La modération du forum resta restreinte au minimum. Bourgel donna pour consigne de ne retirer que les images pornographiques ou violentes, sans aucun filtre sur les propos écrits : on vit affluer les trolls en même temps que les curieux, permettant à Bourgel de revendiquer une multiplication par cent de la fréquentation quotidienne de son site en moins d'un mois.

Sur la moitié supérieure de la page d'accueil s'affichait en grand la date et le lieu de son prochain meeting. Ne restait plus qu'à convertir cette page en site officiel de campagne.

— Tenez, vous pouvez les rapporter à l'Assemblée ? J'ai un rendez-vous dans le quartier. Je vous y retrouve d'ici deux heures.

Sur le pas de la porte de la Maison de la radio, Léa saisit le dossier de notes ayant servi à la préparation de la matinale, dont ils sortent à l'instant – elle lui a suggéré plusieurs fois de passer à l'iPad mais il se prétend incapable de mémoriser s'il ne surligne pas à la main. Elle n'a même pas le loisir de répondre, pour la forme, « oui, bien sûr, aucun problème ! » que son patron est déjà loin. Elle soupire, agacée : elle déteste les ellipses dans son agenda, a fortiori quand elle les découvre au dernier moment. Ces derniers temps, les ellipses se multiplient.

Pour y avoir réfléchi plusieurs fois, il lui semble que sa frustration tient à deux causes. La première est évidente : ne pas savoir diminue son pouvoir. Or c'est bien tout l'intérêt de son métier de savoir plus qu'elle ne devrait, de connaître l'envers du décor, de se sentir dans la confidence de ceux qui décident. Elle a sacrifié ce qu'il fallait pour y parvenir. Et même si le contenu de ces confidences ne relève pas du secret-défense – des rumeurs de coucheries entre députés, principalement, quelques noms de futurs ministres à la veille des remaniements, contredits la moitié du temps par les nominations officielles du lendemain –, c'est assez pour la satisfaire, aussi longtemps que la presse, elle, n'est pas mise au courant. Il lui suffit de savoir avant les autres.

Il y a autre chose, de plus menaçant. Depuis qu'elle a dû plonger dans les archives pour constituer son dossier de bad buzz, elle redoute la nature de ces entretiens cachés. Les zones d'ombre l'inquiètent davantage désormais que les sorties de piste, en ce qu'elles réduisent sa capacité à anticiper les coups. Ce qu'elle ignore de son agenda la rend vulnérable. Elle détourne sa pensée pour ne pas se faire peur.

Une fois parvenu de l'autre côté de la Seine, Bourgel, haletant et trempé par une soudaine pluie diluvienne, se réfugie sous le porche de l'une des tours du quai André-Citroën. Il sort de la poche intérieure de son trench un vieux téléphone, pianote sur les touches un court message pour annoncer son arrivée, tente de patienter en écoutant le replay de sa toute fraîche prestation, sourit à plusieurs reprises à ses bons mots, puis s'agace, enfin, n'ayant plus l'âge d'attendre.

Au bout d'une dizaine de minutes, un géant, crâne rasé, complet noir, oreillette bien visible, vient lui ouvrir. *Monsieur* l'attend au trente-troisième étage, deuxième porte à droite, initiales JL pour la repérer. Bourgel profite du miroir de l'ascenseur pour réajuster sa cravate ; il balaie d'une main les pellicules sur ses épaulettes, symptôme grossier de stress qu'il se résoudra vite à traiter.

Il sonne. Une jeune femme lui ouvre – cheveux blonds, joues rosées, sourire gracieux, en tout point conforme à ses attentes – et le conduit dans un salon presque vide ceint de larges baies vitrées donnant sur la Seine, lumineux malgré le ciel gris. Au centre, un canapé capitonné en velours, gris lui aussi. En face, deux fauteuils assortis. Lejeune l'attend dans l'un d'eux, un journal à la main, ses cheveux poivre et sel noués en arrière comme à son habitude, le visage barré par ces lourdes lunettes noires à branches épaisses qui constituent depuis trente ans le trait le plus caractéristique de ses caricatures. Il l'invite à s'asseoir.

— Je vous sers quelque chose ? demande l'assistante.

— Rien, je vous remercie, répond Bourgel.

— Merci, Anaïs, vous pouvez nous laisser, conclut Lejeune.

Il attend qu'elle referme la porte derrière elle avant de reprendre :

— Votre interview s'est bien passé ? Je n'ai pas eu le temps d'écouter, comme vous vous en doutez...

— Oui, merci. Je n'ai pas encore débriefé avec mon équipe mais j'écoutais le replay à l'instant, c'est pas mal, énergique, offensif.

— Bien. Il paraît également que vos sondages ne sont pas mauvais...

— Excellents, même ! répond Bourgel avec un brin d'exagération, puisqu'il est ici pour se vendre. Si on compare ma trajectoire à celle de Bidault, je gagne chaque point qu'il perd. C'est marquant chez les jeunes, et surtout dans les villes moyennes et les campagnes…

— C'est un bon signe ça. Ce n'est pas votre électorat traditionnel, les jeunes. Encore faudra-t-il qu'ils se lèvent le jour J pour aller voter…

Vibration d'un smartphone sur l'accoudoir du fauteuil. Lejeune décroche, rétorque agacé qu'il ne parle pas à la presse et reproche à son interlocuteur de le joindre sur sa ligne personnelle, avant de raccrocher sèchement.

— Bon, allons droit au but. Il nous reste vingt minutes avant le CA d'InterMedia. Vous savez que j'apprécie vos idées, votre fibre nationale, votre franc-parler. Le pays a besoin d'un chef comme vous. Je voudrais vous aider. Discrètement bien sûr, les affaires font mauvais ménage avec la politique…

Il se lève et se dirige vers la baie vitrée puis, sans quitter des yeux la lente progression d'une navette fluviale, poursuit :

— Ne prêtons pas une attention démesurée aux sondages à ce stade. Je connais leurs travers, je les fabrique. Dites-moi plutôt quelle est votre stratégie pour aller au bout.

Bourgel se redresse et commence à détailler son plan. Le moment est venu pour lui de se déclarer officiellement candidat, il bénéficie pour un court moment d'une grande attention médiatique, il doit durcir son discours pour la conserver. La radicalisation est sans conteste un pari gagnant. Son analyse du paysage politique le conforte dans cette direction : le président sortant, impuissant au centre, se déporte vers la droite ; la droite traditionnelle tente de résister à l'offensive mais se retrouve plombée par ses figures de tête que des décennies d'existence politique ont fossilisées en triceratops ventripotents ; les deux camps se livrent une guerre fratricide qui lasse l'opinion, avide, elle, de nouveauté et de polémique. Après quarante ans de néolibéralisme, seuls deux discours incarnent le renouveau : réactionnaire ou révolutionnaire. Il faut choisir celui-là pour éviter celui-ci. L'ordre plutôt que le chaos. « Mais enfin, je sais bien que je n'ai pas à vous convaincre sur ce point », conclut Bourgel.

Lejeune a semblé l'écouter avec attention, ponctuant son exposé de « hum hum » que Bourgel interprète comme des approbations. L'entrepreneur, qui a repris place dans le fauteuil d'en face, reprend :

— Et quels sont vos moyens pour la campagne ? Qui seront vos relais, sur le terrain et dans les médias ? Vous n'êtes pas un novice, vous savez que les idées et les intentions ne suffisent pas... Sans la machine d'un parti derrière vous, ça ne va pas être évident.

— Au contraire. La machine du parti dévore toujours son candidat. Je ne compte pas être tous les dimanches sur les marchés ni écumer les auditoriums de province. Mais je serai partout sur Internet. Je ne sais pas si vous avez suivi, nos premiers buzz ont bien marché, j'ai déjà une dizaine de mômes sur le coup mais je vois beaucoup plus grand, avec votre aide, on pourrait s'acheter des services plus puissants…

Lejeune fronce les sourcils et ramène ses deux index sous la pointe de son nez. Il ne répond pas.

— Vous êtes sceptique, je vois. Je suis certain que je peux rapidement vous convaincre. On prépare plusieurs attaques, notamment contre Chapuis.

— Pourquoi pas, mais je doute que cela suffise. Je suis de la vieille école, vous savez. Celle du Général… L'important, c'est de prouver qu'on peut conduire le peuple. Votre campagne de désinformation peut sans doute détruire l'opposition – Internet détruit tout, je suis bien placé pour le savoir… –, mais ça ne vous intronisera pas en chef naturel. Et si par miracle vous gagnez parce que vos adversaires sont couverts de boue, ce ne sera qu'une victoire *par défaut*. Être élu président par défaut, croyez-moi, c'est une défaite annoncée. En président faible, vous ne me serez d'aucune utilité. Si vous voulez gouverner – et c'est bien le but, non ? C'est pour cela que je vous soutiens, je n'ai pas pour habitude de parier sur les chevaux boiteux… –, vous devez démontrer votre puissance réelle.

— Qu'avez-vous en tête ?

— Vous poussez loin, c'est votre job, ça. Mais à votre place je réfléchirais à une parade politique plus classique, en complément de toute votre activité sur Internet, quelque chose d'efficace, qui a fait ses preuves, qui vous place en homme providentiel… Regardez, le Général en 68, il disparaît subitement et tout le monde prend peur. Il n'a eu plus qu'à se baisser pour ramasser les votes aux législatives. Ou le Petit-Clamart. Ça parlera à tout le monde. Du théâtre à l'ancienne. Je peux vous mettre en contact avec une pointure de la communication politique…

— Je vais y réfléchir. Merci.

— Et pour votre campagne virtuelle, vous avez besoin de quoi ?

— Pas grand-chose, c'est l'avantage. De l'argent si je veux m'attacher les services des meilleurs professionnels. Mais surtout des articles dans vos médias. Même très courts, pour relayer nos buzz. De la visibilité.

— C'est noté. Vous pouvez compter sur mon soutien – rien d'officiel bien sûr, je nierai toujours que nous nous connaissons, vous savez comment ça fonctionne.

L'homme d'affaires regarde sa montre, appelle son assistante qui rapporte les affaires du visiteur puis se tourne vers Bourgel pour lui demander d'attendre quelques minutes après son propre départ avant de quitter les lieux, « par souci de discrétion ». Après une courte pause, il lui adresse un dernier conseil :

— Une dernière chose, avant de vous laisser : méfiez-vous de votre entourage. Des femmes surtout. La jeune fille, là, qui vous suit partout, par exemple, dont on parle dans les journaux : méfiez-vous. Surtout à notre époque. Je sais de quoi je parle… À très bientôt, Daniel. Je compte sur vous.

Quand la sonnerie stridente du réveil de son téléphone l'arrache à un sommeil lourd et poisseux, Baptiste pousse plusieurs grognements. Christopher débarque sautillant d'excitation, saisit son sac de couchage et le jette à terre avant de glisser sous son nez une tasse de café lyophilisé. Ils doivent être au meeting dans une heure, histoire d'être bien placés. Baptiste n'ose lui reprocher de parler trop fort et se contente de réclamer un Doliprane.

— Déso j'ai que du codéiné, et si j't'en file tu vas te remettre à pioncer. Bois ton café, mec.

Ils ne sont pas les seuls à avoir eu l'idée : sur le parvis de la grande halle, plusieurs milliers de personnes, des hommes surtout, piétinent dans le froid glacial de décembre, ingurgitent pour patienter de la bière et des vidéos de Bourgel. Baptiste est surpris par le nombre de jeunes de son âge, venus démentir l'idée qu'il se faisait de la politique – « un truc de vieux ». À l'ouverture des portes, les deux garçons se laissent porter vers l'intérieur par le flot des fervents, passent devant des stands de T-shirts et casquettes floqués de B majuscules bleu-blanc-rouge, atterrissent finalement près de la scène, un peu excentrés, sur la droite.

Christopher est aussi excité qu'un môme gavé de Haribo. Il va pouvoir enfin le voir en vrai.

Baptiste, lui, ne se sent pas très bien. La foule l'angoisse, incontrôlable et menaçante. Il n'a pas pris part à un tel rassemblement depuis plus de dix ans, depuis cette finale de la coupe de la ligue au Stade de France dont il conserve encore un souvenir amer, pour ne pas dire honteux. Son oncle maternel et lui – les footix de la famille, ironisait son père avec mépris – étaient montés à Paris soutenir l'OL face à l'AS Monaco. Le moment était historique : les Gones n'avaient pas remporté de compétition nationale depuis quasiment trente ans, ce soir-là tout Gerland avait déferlé sur Saint-Denis dans l'espoir de vibrer avec Coupet, Govou, Luyindula. Son oncle le lui répétait en boucle, *Un moment his-to-rique, je te dis, gamin, toi-même tu le raconteras à tes gosses.* Cela avait plu à Baptiste de penser qu'il vivait quelque chose d'exceptionnel. Fayçal l'avait furieusement envié de pouvoir y assister.

Ils avaient pris place parmi les leurs, dans le virage sud, galvanisés par l'écrasante majorité de banderoles olympiennes tout autour de l'arène, les hurlements en chœur, *Mais ils sont où, mais ils sont où, mais ils sont où les monégasques-lala-lala-la la-lala-lala-la.*

Puis, au premier but de Caçapa, un tonnerre assourdissant : son anxiété avait supplanté son exaltation. Il avait réussi à se calmer à la mi-temps, quand la tribune comme un seul homme s'était précipitée à la buvette ; l'égalisation monégasque en deuxième période avait hélas déclenché une nouvelle crise de tachycardie… Ils avaient dû quitter le stade à la fin de la deuxième période et raté les prolongations.

C'était finalement depuis l'hôtel qu'ils avaient assisté à la victoire sur petit écran, exclus de la liesse collective, loin, si loin des fumées colorées et des confettis argentés. Son oncle avait dû lui en vouloir à mort mais n'avait rien fait sentir. Baptiste n'était plus jamais retourné au stade.

Soucieux de ne rien laisser paraître, Baptiste se concentre sur sa respiration, repère les sorties de secours aux alentours et s'efforce de sourire – il a lu quelque part que le sourire forcé a des vertus apaisantes en entraînant le relâchement de certains muscles faciaux, ce qui lui semble pourtant contre-intuitif – jusqu'à ce que Christopher le lui fasse remarquer. *Mec, je sais pas ce que t'as pris, mais tu souris comme un bouffon.* Peu importe. Il prolonge ses inspirations et gonfle ses poumons, laisse l'air emplir son ventre. Il ne lui reste que ça pour supporter la promiscuité sans trop souffrir des odeurs environnantes.

Bourgel arrive avec plus d'une heure de retard, une technique éprouvée pour laisser au public le temps de parvenir à ébullition. On l'annonce enfin au micro ce qui déclenche aussitôt des « Bourgel président ! » exaltés. La musique d'entrée est lancée – du Van Halen craché dans les haut-parleurs – et le voici fendant la foule jusqu'à la scène, escorté par six molosses vêtus de noir, tandis que des lumières rouges et bleues balaient la salle.

Christopher applaudit, apostrophe en hurlant son idole qui s'approche lentement mais reste trop éloignée hélas pour une poignée de main. Plan B, il saisit son téléphone pour capturer le moment. Bourgel est encore là, à quelques mètres seulement, en sueur ; Christopher ne parvient à filmer qu'un bout du crâne luisant.

Baptiste est surpris par la petite taille du politicien. À la télé, ses gestes larges captés par des cadrages en plan américain lui donnaient une certaine stature. Là, au milieu de sa garde d'hommes robustes, le mec paraît tout frêle. Presque fragile. Il doit le sentir, pense Baptiste qui l'observe se précipiter vers l'estrade pour s'élever à nouveau au-dessus de tous.

Peu à peu, les acclamations s'apaisent. Bourgel attend. Ses yeux qui scintillent et son sourire à pleines dents disent sa joie à se tenir là, telle une rock star devant un public conquis. *Son* public. La veste en cuir troquée pour un costume marine, il compte sur sa voix puissante et grave, travaillée quotidiennement depuis plusieurs semaines. Le coach vocal déniché par Serge a été d'une grande efficacité, il en a encore fait l'expérience la veille, seul dans son salon, en déclamant l'appel du 18 Juin avec plus de solennité et de force que le Général. La vieille voisine avait même fini par descendre vérifier si tout allait bien.

Lorsque le silence paraît enfin envisageable, il commence à descendre ses deux bras vers le sol, dans un geste lent et maîtrisé, comme s'il pouvait ainsi contrôler le volume général. Cela fonctionne. Il s'éclaircit la gorge et se lance.

— Bonjour mes amis, mes chers amis… merci de cet accueil exceptionnel ! Vous êtes si nombreux, c'est incroyable ! Incroyable ! Vous n'imaginez pas mon bonheur, ma fierté de nous voir tous ici.

Une nouvelle salve d'applaudissements ponctuée de *Bourgel président !* emporte la salle. Il remercie d'abord les membres de l'assistance pour leur courage et leur ténacité, face au déchaînement de haine médiatique envers lui, *c'est-à-dire envers eux*, face au mépris de toute la classe politique à son égard, *c'est-à-dire à leur égard*, face aux insultes de proches, même, peut-être, qu'ils devaient essuyer pour être là. Il leur assure qu'ils ne se trompent pas : ensemble ils vont changer l'histoire, puisqu'eux seuls en comprennent le sens. Ils effaceront les erreurs du passé, la tâche est immense mais non impossible. Il loue leur lucidité, leur ardeur et leur combativité face aux nombreuses forces engagées dans la destruction de leur si beau et grand pays – forces qu'il n'a pas besoin de nommer pour déclencher des huées de toutes parts. Eux seuls sont le peuple souverain, le peuple fier, puissant et indocile que tous les journalistes, toutes les élites, tous les hommes politiques piétinent sans scrupules depuis des années : il est honoré, tellement honoré d'être choisi par eux pour œuvrer à leur renaissance. Pour cela, il est haï ; certains, même, tentent de le mettre à mort – il fait à cet instant une plus longue pause.

— Mais ne croyez pas que j'aie peur, mes amis. Ils ne me font pas peur. Et demain, vous verrez, ce sont eux qui trembleront !

Baptiste observe Christopher : son regard suit scrupuleusement les allées et venues de Bourgel sur la scène, comme s'il était sous hypnose ; à sa bouche entrouverte on le devine happé par le discours. Peu à peu, Baptiste se laisse saisir à son tour par le verbe du candidat, son timbre, le rythme enlevé mais sans hâte de son allocution. À force de l'entendre dire *nous*, la foule alentour lui paraît moins hostile. Il se sent glisser dans un état étrange ; il en émerge à chaque clameur collective, y sombre à nouveau lorsque le ruisseau de paroles retrouve son cours. Il lui est agréable d'être ainsi bercé.

Enfin, Bourgel annonce sa candidature à l'élection présidentielle. Il a besoin d'eux pour organiser le mouvement sur le terrain, dans les régions et les départements, partout où cela est possible, pour aller chercher chaque homme de cœur. Il le dit une main sur la poitrine, avec dans la voix tant d'autorité et d'émotion que Christopher en a les larmes aux yeux. Une vague fiévreuse déferle alors sur tous, qui soulève Baptiste avec les autres, tandis que Bourgel quitte la scène dans une lumière plus chaleureuse qu'à son arrivée, le torse bombé, le visage en nage, tel un boxeur victorieux.

Sur le chemin du retour, les deux garçons restent muets, chacun à ses pensées. Baptiste se félicite d'avoir été, cette fois-ci, au rendez-vous avec l'Histoire.

Peignoir gaufré, lèvres nues, les yeux légèrement maquillés, un verre de gin à la main, un second sur la table – pour elle, présume-t-elle : c'est ainsi que Léa découvre Gabrielle lorsqu'elle pénètre enfin chez elle, un peu avant minuit. Juste ce qu'il faut de mise en scène, elle n'a qu'à se laisser guider. Cette manière nouvelle de s'abandonner, à rebours de son inclination naturelle, lui est exquise.

Elle retire sa veste de costume mais reste à distance, debout devant la porte-fenêtre, pour le plaisir d'être dévorée du regard. Joue un peu, elle aussi. Selon ses règles et son envie. Elle note que tout est prêt pour dérouler le scénario – la lumière tamisée, un best-of de Sade en fond sonore, un sex-toy dans le tiroir entre-ouvert de la table basse, un tube de lubrifiant, au cas où.

Gabrielle ne tient qu'un instant. Léa la laissant approcher elle bondit, lui saisit les hanches et l'allonge en arrière, quelques pas plus loin, puis d'une main légère se met en quête des espaces les plus chauds. Quinquagénaire à l'érotisme courtois, Gabrielle. Adepte de porno vintage, pétrie de fantasmes phallocrates, aussi, contrairement à Léa, qui préfère les corps entremêlés, sexe contre peau, se sentir aspirée jusqu'à la petite mort. Qu'importe, elle adore ici ne plus rien calculer et se glisser avec langueur dans le fantasme d'une autre.

Comme d'autres soirs, pourtant, elle se demande un instant ce qu'elle fout là. Dans cet appartement bourgeois si éloigné du sien, avec ses moulures au plafond, ses immenses miroirs dorés, sous le corps d'une femme de deux fois son âge, à moitié nue, sur le canapé d'un designer italien dont elle a oublié le nom en dépit des efforts répétés de Gabrielle – ou bien était-ce le fauteuil, l'Italien, et la designeuse américaine pour le canapé ? – bref un sofa valant plus que son héritage s'il reste quelque chose à la fin.

Gabrielle, qui s'en aperçoit, suspend soudainement ses gestes et recule son visage. « Tout va bien, beauté ? » s'enquiert-elle de sa voix délicate et floue. Cela suffit à la ramener à elle, une vague de chaleur la traverse, transfigurée par un habile baiser en élan de désir.

Léa voudrait à présent qu'elle la pénètre avec ardeur, le demande sans détour, moins pour la sensation physique que pour la sentir folle et jouir de l'entendre jouir. Le corps de Gabrielle se presse contre le sien en ondulations profondes, ses lèvres glissées entre les siennes, sa langue tour à tour insistante et retenue, insistante, retenue, puis se redresse pour des oscillations plus franches, son excitation décuplée par les mouvements de bassin de sa partenaire.

Léa se cambre. Elle jouit. Puis se laisse flotter dans une lumière douce.

Quand vient son tour, Léa ne se précipite pas. Ses doigts caressent, divaguent, arpentent flâneurs le buste de Gabrielle, suivent les craquelures sur sa peau, les grains de beauté, le dessin des années, pour effleurer enfin l'entrée de son vagin. Gabrielle gémit de plaisir. En réclame davantage. Alors Léa de toute la surface de sa langue parcourt le sexe de Gabrielle, cherche à le recouvrir tout entier, deux index glissés à l'intérieur en intrépides explorateurs. Cela suffit déjà à faire jaillir l'extase. Un jet puissant qu'elle pensait réservé aux hommes avant de connaître Gabrielle. Le râle de son amante, ample et profond, la comble de satisfaction.

Comme à son habitude, Léa refuse de rester dormir. Non pour une question de convention – c'est l'un des charmes de Gabrielle de ne rien vouloir définir et de ne rien attendre –, mais par crainte d'un dévoilement trop brusqué. Elle ne lui a pas dit grand-chose de sa vie jusqu'à présent. Elle a mentionné lors de leur première rencontre un travail « dans la politique », sans plus de détails, et s'est empressée de changer de sujet ; Gabrielle n'a pas creusé, ayant en tête d'autres priorités que la déclinaison de leurs CV.

Elle était soulagée de ne pas devoir lui mentir et n'avait aucune inquiétude quant à l'étanchéité de leurs deux mondes. Gabrielle, spécialiste en droit de la propriété intellectuelle, sans doute étudiante de gauche au départ lorsqu'elle espérait défendre petits auteurs et jeunes créateurs, travaillait depuis vingt ans pour une marque de cosmétique de luxe, avec un acharnement qui creusait son visage malgré les élixirs. Eu égard à ses proches, tous ou presque « dans le même secteur », elle n'avait guère d'occasions de se mêler de politique.

Mais voilà que Gabrielle, à nouveau étendue sur son canapé et l'observant se rhabiller, se met à parler de Bourgel. Se dit préoccupée par la montée du populisme et par ce type surtout, qui lui fout la trouille. Elle a lu un article au sujet de ses méthodes de propagande en ligne. Il paraît prêt à tout pour faire parler de lui. Gabrielle interroge Léa, a-t-elle vu ce deepfake du président américain, en tenue de golf, qui proclame son soutien à Bourgel ? Léa esquive en surjouant la concentration, à la recherche de sa seconde chaussette. Ça a beau sembler grotesque, reprend Gabrielle, ça marche, son truc. Il y a toujours des gens pour le croire. Le même article le prétendait à l'origine de la rumeur accusant la candidate écologiste, Chapuis, de maltraitance animale ainsi que d'un photomontage mettant en scène le président sortant. Gabrielle est allée voir la photo, par curiosité : on découvrait ce dernier en combinaison de cuir avec, au second plan, des corps nus enchevêtrés. Là encore, elle est sûre qu'en dépit des démentis ça fonctionne sur certains.

À genoux, le regard furetant sous le canapé, Léa acquiesce vaguement. « Les démentis arrivent toujours trop tard », assène Gabrielle. L'avocate sait combien la vérité est fragile, infiniment plus faible que le goût des hommes pour le drame. « Tu trouves pas ça préoccupant, toi ? C'est un peu ton domaine non ? »

Léa hoche mollement la tête pour ne pas se trahir puis sourit avec intensité, l'attention tout entière portée vers le corps courbé de son amante qu'elle embrasse une dernière fois. « Je t'appelle vite. Bonne nuit. »

De retour chez elle, elle ne parvient pas à trouver le sommeil. Non qu'elle partage les inquiétudes de son aînée : la politique est un art de la guerre, Bourgel se contente de déplacer les lignes de front. En revanche, il lui semble que leur stratégie de campagne en ligne commence à leur échapper. À lui échapper. L'article dit vrai à propos des rumeurs sur la candidate écolo mais se trompe quant au photomontage. Elle a interrogé Thibaut et l'équipe de campagne virtuelle, désormais composée d'une dizaine de membres, ça ne venait pas de chez eux. Quant au deepfake du président américain, elle n'en connaît pas davantage la source.

Leur armée de l'ombre grossit désormais de façon quasi autonome. C'est à elle, bien sûr, que les négligences seront reprochées. Elle perdra alors de son influence, déjà entamée depuis que Thibaut a obtenu de coanimer l'équipe de campagne virtuelle. Cette pensée l'angoisse.

Elle se relève, attrape sur sa table de nuit son ordinateur et se met à chercher le nom du jeu en ligne sur lequel avait circulé le montage obscène. C'est sur un forum de gaming qu'elle finit par trouver. C'est ainsi que, pour la première fois, Léa entre dans Parthenia.

Au-delà de la beauté des décors, de l'adrénaline des combats, au-delà du plaisir qu'il éprouve à se balader dans un monde dont il découvre chaque jour de nouveaux recoins, Baptiste retire de Parthenia une chose plus précieuse encore : l'impression d'y être attendu. Il lui suffit d'errer deux ou trois minutes dans les environs de sa villa pour qu'un joueur le salue. Il imagine que les gens qui travaillent éprouvent la même sensation rassurante en croisant leurs collègues dans les couloirs ou à la machine à café. La satisfaction d'être reconnu, de faire partie d'un groupe, par convention, d'exister sans effort aux yeux des autres. Il sait combien cela compte. Et Parthenia lui offre en prime le pouvoir de ghoster les relous.

Il se sent davantage chez lui à l'intérieur de la cité virtuelle qu'entre les quatre murs du studio de son père. Comme s'il vivait désormais dans la plus petite des poupées russes. Il faudrait ouvrir toutes les autres avant de le déloger, ce qui n'est pas près d'arriver. Il s'est même surpris récemment à meubler l'intérieur de sa villa – un comble alors qu'il a toujours détesté *Les Sims*. Un lit de banquet, acheté chez un antiquaire du Village, en même temps qu'un coffre-fort orné de gravures en langue ancienne, du grec, présume-t-il. Il pourra les revendre le double dans la Cité, un excellent moyen de s'enrichir tout en se créant un réseau chez les Collectionneurs.

La caste des Collectionneurs, à peine moins prestigieuse mais moins connue que celle des Immortels, est la seule à détenir le pouvoir de fixer le prix des nouveaux objets à l'intérieur du jeu. Les *item designers* les plus talentueux leur doivent beaucoup. Il se raconte qu'un javelot a été estimé récemment à trente-cinq millions de *nomisma*, en partie en raison de ses exceptionnelles qualités graphiques : le créateur de l'arme serait un proche du Collectionneur qui présidait la commission d'agrément ce jour-là. Baptiste pense que la plupart des Collectionneurs sont des escrocs – à cause de plusieurs anecdotes racontées par le vieux chaudronnier – mais prend au sérieux leur influence.

Il lui semble connaître le chaudronnier mieux que ses voisins IRL. On ne peut pas dire que le mec y mette du sien : à en juger par la lenteur de ses réactions et la concision de ses messages, Baptiste l'imagine profondément sauvage ou quasi tétraplégique. Il s'obstine pourtant à le faire parler. C'est devenu un rituel, plus encore qu'un défi. L'artisan ne répond qu'une fois sur trois mais Baptiste n'est jamais déçu par leur conversation. Avec ses voisins de palier, au contraire, il n'a jamais osé plus qu'un « bonjour ». Par peur de déranger. Ou pire encore : par crainte qu'ils ne cherchent à poursuivre la conversation.

Baptiste pense qu'il pourra bientôt acheter à l'intérieur de la Cité. Depuis qu'il a obtenu le grade de sous-officier, il a la charge de l'entraînement d'un escadron trois fois par semaine. Le niveau est désastreux et le manque de régularité de ses troupes compromet leurs perspectives de progrès, mais cela suffit à gonfler son orgueil et lui rapporte cent *nomisma* par séance. À son tour d'aboyer des insultes en lettre capitales et de récolter en retour des « Chef, oui chef ! » Il a choisi de les faire courir sur un terrain vague à la lisière de la Mine, endroit peu fréquenté, plutôt que dans l'un des camps d'entraînement du Village. Christopher trouve que c'est moins pro, mais Baptiste assure préférer la pratique « en milieu naturel ». En réalité, cela lui évite d'exposer aux yeux de tous son équipe de bras cassés.

En tant que sous-officier, il a désormais accès à la Caserne. Pour beaucoup de joueurs, la Caserne est le principal lieu de réparation des armes. Baptiste, lui, ne se sert pas de cette fonctionnalité : il a conclu un deal avec le chaudronnier qui répare son équipement contre du minerai brut. Compte tenu de son efficacité à la Mine, l'arrangement lui convient. La Caserne en revanche lui permet de se constituer un cercle de combattants alliés, et, peut-être, de se faire repérer par un nouveau chef d'escadron.

C'est là-bas qu'il a rencontré Anton42, sous-officier comme lui, qui habite une demeure proche de la sienne. Il devait être deux heures du mat et seuls quelques vétérans traînaient encore dans la Caserne quand Anton42 est venu s'asseoir près de Tiresias. Ils ont commencé à comparer leurs équipements, puis à discuter de leurs escadrons. Anton42 le premier s'est moqué de sa propre équipe, Baptiste a alors confessé être lui aussi désespéré par le niveau de ses disciples. Ils en ont ri, et finalement conclu qu'il ne s'agissait que d'une sorte de bizutage, qu'on leur confierait rapidement de meilleurs légionnaires. Il fallait être patient.

Depuis, cette frustration partagée les a rendus complices. Ils ont pris l'habitude de se retrouver chaque matin à la Caserne pour des séances d'exercice, pratique moins excitante que les combats pour gagner en puissance mais moins risquée aussi. Il est déjà arrivé à Baptiste de devoir attendre quarante-huit heures avant que son avatar ne récupère totalement d'une blessure. Il trouve cette spécificité de Parthenia très agaçante – dans la plupart des jeux, quelques minutes suffisent pour retrouver la totalité de ses capacités – mais reconnaît qu'elle l'incite comme jamais auparavant à perfectionner ses techniques de défense.

D'après Christopher, Anton42 appartiendrait au club des Aviateurs, réputé ultra sélectif. Baptiste n'en sait pas plus, si ce n'est que ce groupe est dépourvu d'existence officielle – il ne s'agit pas d'une caste ni d'une fraternité – et qu'il alimente de nombreuses spéculations. On dit qu'il rassemble des activistes politiques. Certains le décrivent comme le cheval de Troie des partis politiques, notamment des JSS de Bourgel ; d'autres le croient simple regroupement spontané de Parthéniens intéressés par l'action IRL. On dit aussi que ses membres restent discrets sur leurs missions. Ce mystère attise les curiosités. Y compris celle de Baptiste.

Un matin, alors que les deux avatars s'entraînent à soulever des blocs visiblement très lourds à en juger par la lenteur de leurs mouvements, il tente un bluff :

[Tiresias] Tu connais les Aviateurs ?

[Anton42] Un peu.

[Tiresias] T'en penses quoi ?

[Anton42] Pourquoi tu demandes ça ?

[Tiresias] Je me suis fait approcher par l'un d'eux y a quelques jours. Il voulait savoir si ça m'intéressait.

[Anton42] Dans Parthenia ?

[Tiresias] Yep. On parlait de la PGW, j'ai dit que j'avais assisté le même WE à un meeting de Bourgel, que le mec était bon et tout... Là il s'est mis à me demander si je me débrouillais en programmation, si ça m'intéressait de participer à des actions en ligne pour aider la campagne... J'ai dit pourquoi pas. C'est là qu'il m'a parlé des Aviateurs.

[Anton42] Tu te souviens du pseudo ?

[Tiresias] Non.

[Anton42] Et t'as répondu quoi ?

[Tiresias] Ben je sais pas, je sais pas trop ce qu'on y fait... Tu sais, toi ?

[Anton42] Suis-moi.

Les deux avatars quittent la Caserne, traversent le Village en passant par le Puits Central, passent devant l'échoppe du chaudronnier que Tiresias salue, puis pénètrent chez Anton42. Le plan de la demeure est identique à celui de la villa de Baptiste mais l'intérieur, dépourvu de tout meuble ou objet distinctif, dénote une absence d'intérêt pour le groupe des Collectionneurs. Ils s'asseyent à même le sol et reprennent leur conversation :

[Anton42] Je préfère t'en parler ici parce qu'on ne sait jamais qui a pu s'infiltrer dans la Caserne. Je connais bien les Aviateurs. J'en fais partie.
[Tiresias] Ha ouais ??
[Anton42] Yep. Mais c'est chelou que quelqu'un t'ait branché si vite là-dessus, on essaie d'être discrets...
[Tiresias] Ben je sais pas, ça doit être parce que j'ai parlé de Bourgel... Mais bon tkt, il m'a presque rien dit, je suis pas une poucave.
[Anton42] Non mais je peux t'en parler, juste t'en dis rien à personne, même pas à ton pote LArtiste, hein ? On a tèj sa candidature.
[Tiresias] Sérieux ? Pourquoi ?
[Anton42] Chez les Aviateurs, ce genre de normies frustrés qui se prennent pour Clooney alors qu'ils passent leur temps à se branler devant du porno, c'est pas trop notre délire. Et on a autre chose à foutre que de chercher à lever des meufs, non ?
[Tiresias] Grave.

Baptiste ressent une légère honte à trahir si vite son ami mais ne peut s'empêcher de penser qu'Anton42 a en partie raison. Christopher n'a jamais raconté une seule histoire crédible d'une relation avec une meuf. Et son obsession pour la drague le rend relou. De toute façon, puisqu'ils sont à l'intérieur d'une villa et que personne d'autre qu'Anton42 ne peut le lire, sa trahison ne coûte pas cher.

[Tiresias] Du coup ça consiste en quoi, être Aviateur ?
[Anton42] On surveille les réseaux, on fait des repérages. On lâche des bombes sur les cibles qu'on nous indique.
[Tiresias] Comme qui par exemple ?
[Anton42] Des journalistes, pas mal, du genre fémina-zies, celles qui ouvrent trop leur gueule, qui font chier. Ou des GR. Tous ceux qui s'en prennent à nous, qui menacent nos valeurs. On pourrait s'appeler les gardiens du Temple en fait, mais on n'attend pas que l'ennemi arrive jusqu'à nos portes pour agir. On intimide, on détruit les avant-postes pour désamorcer leurs attaques.
[Tiresias] GR ?
[Anton42] Grands Remplaceurs. T'es dans un parti, toi ?
[Tiresias] Non. Je suis pas trop la politique.
[Anton42] Et qu'est-ce que tu foutais au meeting de Bourgel alors ?
[Tiresias] J'ai suivi un copain. T'es dans un parti, toi ?
[Anton42] Pas officiellement. J'ai milité un peu. Mais franchement, ça sert pas à grand-chose. C'est ici que ça se passe. Le doxxing, c'est le plus efficace. Et c'est pas difficile de trouver du contenu border sur n'importe qui : tu publies, tu lances les trolls, tu lâches l'adresse et le numéro perso et t'es tranquille pour un moment. Surtout quand les meufs ont des gosses.
[Tiresias] Pourquoi ?
[Anton42] Elles se sentent encore plus fragiles.

Baptiste retire les mains de son clavier. Il repense soudainement à la photo de cette adolescente qui avait tourné pendant près de deux semaines sur les réseaux. La gamine avait été harcelée dans son lycée à la suite d'un raid mené contre sa mère, une ex-gameuse qui investiguait sur les violences sexuelles et sexistes dans l'industrie des jeux vidéo. La fille avait fini par se suicider. L'histoire l'avait ému aux larmes. Peut-être parce que la fille ressemblait à Nina.

Sans donner plus d'explication, il se déconnecte.

Baptiste et sa sœur n'ont jamais pu s'entendre. À cause de la différence d'âge, sans doute, insuffisante pour laisser une place à chacun. Comme deux oliviers plantés trop près l'un de l'autre, leurs racines ont dû se disputer l'espace : c'est Baptiste, semé en second, qui a fini par pousser de biais. Marianne a marché plus tôt, parlé plus tôt, sauté la grande maternelle ; lui n'a pas fait ses nuits avant deux ans et a occupé dès le CP les derniers rangs. Il n'y a guère qu'en sport qu'il brillait davantage – plus adroit, plus rapide, plus endurant. Mais le sport n'était qu'une hygiène dans sa famille d'intellos.

Marianne, aînée chérie, réceptacle docile des fantasmes paternels, s'est engagée tôt dans une quête insatiable de perfection. Sa carrière professionnelle était aussi maîtrisée, droite et lisse que sa silhouette. Baptiste n'en tirait aucune jalousie. Un complexe, certainement, mais qui découlait de l'*ordre des choses*, fossilisé déjà dans les roches métamorphiques de son enfance, dans les premières écritures du palimpseste familial. Depuis toujours, on disait *MA-RI-ANNE, avec un M comme maman, BA-PTISTE, avec un B comme bébé.* On le disait moins, maintenant, mais rien n'a changé. Sans rancune, sans non plus d'affection particulière, il lui téléphonait le moins possible et ne la voyait qu'à l'initiative de cette dernière, pour ce qu'elle désignait comme *les grandes occasions.*

Ce jour-là, le mariage de Marianne en est une. Elle épouse Cédric, qui a succédé au mec du calendrier des trois cent soixante-cinq citations, avec moins de pectoraux et davantage d'humour. Cédric est directeur de cabinet d'un secrétaire d'État issu de la droite conservatrice, moins par conviction personnelle que par opportunisme. « Dircab », dit le beau-frère avec une fierté non dissimulée. Baptiste le trouve charismatique pour un technocrate court sur pattes. Cédric lui inspire même un certain respect depuis qu'il l'a aperçu à la télé lors d'une visite officielle de son secrétaire d'État au Salon de l'automobile. Enfin, et ce n'est plus un détail désormais : son beau-frère connaît Bourgel, qui a longtemps côtoyé son patron au sein du parti.

Pour Baptiste, le monde de Cédric et Marianne ressemble à peu près à ça : une flopée d'hommes dégarnis, lunettes rondes et costumes gris, ou bleu marine, arpentant de longs couloirs aux parquets grinçants, la démarche lestée par d'épais dossiers serrés contre leur poitrine. À en juger d'après les spécimens postés devant la salle de réception, il n'est pas si loin de la vérité. Il se demande ce qui est arrivé dans la vie de ces gens-là pour qu'ils aient accepté, si jeunes, de paraître aussi vieux.

Heureusement, il n'est pas venu seul. Sa sœur connaît sa détestation des rituels du genre, baptêmes, anniversaires, mariages, qui plantent dans la vie des autres des jalons supposés indiquer une direction, et lui font sentir combien la sienne tourne en rond. *Tu deviens quoi, T'as pas changé, Tu n'es plus avec machine ?* Il n'a jamais supporté, même avec beaucoup d'alcool. Il se force de moins en moins, d'ailleurs.

Bonne joueuse, sa sœur a donc proposé qu'il vienne accompagné pour le vin d'honneur – pourquoi pas d'un ami, a-t-elle précisé, lorsqu'il a annoncé avoir quitté S. Il a apprécié le geste, d'autant plus qu'en général Marianne désapprouve ses amitiés. Elle lui reproche de mal s'entourer. Peut-être, pense-t-il, mais il n'a pas le luxe de les choisir.

Il aurait été logique qu'il vienne avec Jérôme, que sa sœur avait déjà rencontré à plusieurs occasions, mais il lui avait préféré Christopher, sans hésiter : plus à l'aise en société, moins l'air pédé – il crèverait de honte de *laisser croire que*. Il avait dû mentir à Jérôme en prétendant que le mariage se tenait en petit comité.

Christopher et lui, donc, arrivent un peu en retard au vin d'honneur. Ils ont d'abord aidé leur junte à contrer l'assaut lancé par une horde de Barbares aux portes de la Cité. Christopher a l'air excité et se faufile vers le buffet des boissons. Baptiste le suit tête baissée pour esquiver les regards familiers. Il ne parvient pas hélas à éviter la collision avec une cousine de son père – par chance la moins loquace de toutes. Il est gêné tout de même d'avoir oublié son prénom, Sylvie ou Nathalie ? Elle n'a pas l'air non plus de vouloir faire semblant. Ils se contentent d'un sourire poli.

C'est alors qu'il l'aperçoit, à quelques mètres, une flûte à la main, une huître dans l'autre, en conversation avec une jeune femme aux yeux clairs : Bourgel. Il se frotte les yeux par réflexe. Dans sa poitrine, des palpitations rapides et désagréables. Il se retourne vers Christopher, dont le regard s'illumine et qui déjà presse le pas, conquérant.

Christopher se place tout près de Bourgel, dos droit, buste gonflé, regard sûr, un coin de la bouche légèrement relevé pour une touche de légèreté. Baptiste reconnaît sa posture d'attaque. Mais Bourgel ne paraît pas le remarquer, occupé à servir cette fille aux yeux clairs qui tend son verre – une neuf sur dix, glisse Christopher à Baptiste. Après quelques minutes d'observation passive, Christopher se rapproche davantage, sans plus de résultat. Il se résout finalement à lancer l'assaut :

— Pardonnez-moi de vous interrompre, monsieur Bourgel. Christopher Morandi. Ravi de vous rencontrer.

Bourgel se tourne de trois quarts vers lui, le dévisage en silence, le sourcil circonflexe, concède un « Bonsoir jeune homme » aussi condescendant qu'expéditif. Il reprend le fil de sa conversation, le corps proche de celui de la jeune brune.

Baptiste observe celle-ci avec curiosité. Il se demande ce qu'elle lui trouve. L'argent, sûrement. Le pouvoir. Toutes les mêmes. Il la regardc encore et lui trouve un air étrange. Il ne saurait pas dire quoi. Son clignement de paupières peut-être : un peu vif, comme si elle souffrait d'un léger tic. Ou la dureté de son expression.

Combattant expérimenté, Christopher ne s'en tient pas là. D'une voix haute, il insiste :

— On était au meeting à la Halle, il y a quelques semaines. C'était incroyable. Franchement, vous avez un truc avec la scène.

Forcé de s'interrompre, Bourgel pivote cette fois-ci complètement vers lui. Sur son visage, une amorce de sourire :

— Merci jeune homme, répond-il d'un ton plus chaleureux mais sans chercher à prolonger l'échange.

En langage PUA, Christopher dirait qu'il ne parvient pas « à accrocher sa cible ». Son ouverture a été trop banale, et le compliment trop rapide. Son costume Paul Smith a beau lui donner de l'allure, Bourgel en a vu d'autres avant lui. Il lui en faut davantage. Christopher passe aux DHV.

— C'est pas facile comme exercice. J'en sais quelque chose, j'ai donné pas mal de conférences aux US... Il faut savoir tenir la salle, et c'est pas donné à n'importe qui... franchement, vous faites ça bien !

Baptiste juge la comparaison un peu audacieuse mais constate qu'elle parvient enfin à retenir l'attention du maître. Christopher est lancé.

— C'est rare, de nos jours, les politiques qui savent séduire. C'est un peu mon domaine en fait, et, franchement, je peux vous dire que n'importe lequel de mes élèves fait mieux que cet abruti de Maillard devant cinq cents personnes. Mais vous, vous avez le truc, un peu à la Steve Jobs, vous racontez bien l'histoire, quoi. Elles doivent être toutes à vos pieds. N'est-ce pas, mademoiselle ?

La femme à droite de Bourgel ne réagit pas ; Bourgel, lui, commence à être amusé par le garçon :

— C'est gentil. Quel est votre domaine, au juste ? Vous enseignez l'art oratoire ?

— Je suis coach en séduction. Je travaille à la survie de notre espèce, en quelque sorte, lui lance-t-il en clignant d'un œil.

Bourgel pouffe : Christopher se fige, pris de court.

— Ça nous vient des Américains ça, j'imagine ? Mes pauvres enfants, de mon temps, on appelait ça la galanterie, on n'avait pas besoin de coachs…

L'homme ricane à nouveau. Christopher ouvre la bouche mais ne trouve rien à dire : sa tête s'affaisse, lentement il se recroqueville, tel un mollusque qui regagne sa coquille, et Baptiste s'étonne de cette soudaine retraite de gastéropode. Bourgel, absorbé déjà dans d'autres pensées, sort de sa poche un paquet de cigarettes et s'éloigne.

Christopher reste un moment silencieux. La jeune femme, indifférente, est plongée dans son téléphone. Baptiste hésite, pense à quelques mots de réconfort mais se refrène – si la fille l'entend, ce sera pire. Christopher vide son verre d'un trait et les laisse à son tour.

Baptiste s'apprête à le suivre quand la fille au téléphone relève la tête. La clarté de sa peau contraste avec sa chevelure brune ; ses yeux, d'un vert tirant sur le jaune, presque assortis à la teinte du champagne, se posent brièvement sur lui : il lui sourit. Elle, non.

— Faut pas qu'il se vexe, votre compagnon.

— Ah mais non, c'est pas du tout mon compagnon, coupe Baptiste les joues cramoisies. C'est juste un ami.

Et la voici à nouveau happée par son six pouces rétroéclairé. Baptiste s'accroche : il repense à la règle des trois secondes, vite, trouver un nouvel *opener*, il ne sent pas trop le coup du compliment sur les chaussures, elle n'a manifestement pas fait trop d'efforts de ce côté-là – jean noir et Dr. Martens, pour un mariage, fallait oser…

— Vous êtes venue avec lui ? tente-t-il sans audace.

— Oui. Je travaille pour lui.

Elle ne se donne pas la peine de relever les yeux. La partie s'annonce difficile, il craint d'avoir déjà l'air trop intéressé et devine, à l'apparente indifférence de sa cible, un ASD bien rodé. Il reçoit un texto de Christopher qui lui demande de le rejoindre – il l'ignore aussitôt. Il s'obstine :

— Et vous bossez pour lui depuis longtemps ? Vous adorez la politique, j'imagine ?

Elle semble réprimer un soupir, daigne le regarder, enfin, et pousse au-delà d'une phrase. Cela suffit à l'encourager.

— Oui et non. Je bosse pour lui depuis la fin de mes études. Mais je n'adore pas particulièrement la politique, mon job consiste surtout à gérer son image sur les réseaux.

Baptiste se précipite sur ce sujet de discussion inespéré :

— Alors là, je suis l'homme qu'il vous faut !

— Comment ça ?

— Ben je suis un peu dans le milieu, moi aussi, enfin je connais des mecs qui… (Il se retient, se rappelant qu'Anton42 compte sur sa discrétion.) Des gens qui pourraient vous aider. Peut-être.

Il craint d'en avoir trop dit. Une lueur amusée lui passe dans le regard.

— C'est-à-dire ? Des doxxers ? Vous n'êtes donc pas si gentil garçon que vous le paraissez…

Son alpha virilité ainsi ragaillardie, il enchaîne :

— Vous m'avez l'air bien renseignée.

— Et je vous trouve où, si jamais… ?

— Parthenia, vous connaissez ?

— Parthenia ?…

Au frémissement d'intérêt qu'il croit percevoir dans sa voix, Baptiste se félicite en silence. Bien rattrapé, juge-t-il, après ce début chaotique.

— Vous demanderez Tiresias. Je me débrouille pas mal, vous n'aurez pas de difficulté à me trouver.

Il faudrait poursuivre sans tarder, raconter ses exploits récents, les Aviateurs, et glisser un compliment, reste à trouver lequel pour ne pas se faire remballer, sa jolie montre peut-être, mais le retour de Bourgel hélas les interrompt. Il jette à Baptiste un regard méfiant puis insiste pour que Léa le suive : il veut lui présenter quelqu'un d'important. Elle salue Baptiste d'un sourire qu'il juge plus éclatant que la boule à facettes en périphérie de son champ de vision. Il la regarde partir d'un air songeur. Il n'a même pas pensé à lui demander son prénom. N'a pas non plus donné le sien. « Alexandrie… Alexandra ! » hurle Claude François. Il reçoit un nouveau texto de Christopher : « Va te faire foutre ».

Il attrape sur sa table basse la barquette de nuggets commandés la veille – ou l'avant-veille, il n'a plus tout à fait la notion du temps –, les recouvre de sauce barbecue, puis tente de lancer l'emballage dans un sac en kraft au sol. Raté. Il ramassera plus tard.

Son ordinateur portable vrombit sur ses cuisses. Avec cette chaleur, le ventilateur devient fou – pas loin de l'Airbus qui décolle, ou un gros drone, au minimum, le signe qu'il faudrait le remplacer, voire carrément changer tout le PC qui a cinq ans déjà mais difficile de taper des thunes à son père vu les circonstances. Surtout que l'histoire du job à la parfumerie a l'air de prendre. Il faut dire qu'il se donne du mal, à coups d'anecdotes sur ses supposés collègues et de fausses feuilles de paie. S'il soigne bien la façade, il sait que son père n'ira pas fouiller. Il se demande même si la qualité de ses mensonges n'est pas la seule chose dont son père soit vraiment fier. À cet égard, il est à son image.

Il rejoint à nouveau la messagerie privée du forum. Ses derniers pokes à Christopher sont restés sans réponse.

Il peut voir qu'il les a reçus puisque son profil n'affiche « hors ligne » que depuis trois heures. Il n'a plus tellement de doute : Christopher le ghoste. Il attend deux minutes encore, dans l'espoir qu'il se connecte et que la pastille grise tourne au vert. En live, il espère parvenir à le faire interagir.

Christopher n'a pas pris part au dernier raid dans *WoW*, pas plus qu'aux deux précédents. La guilde a voté à l'unanimité sa suspension temporaire, Baptiste inclus, qui n'a pas osé se désolidariser du groupe : l'absence d'un membre lors des attaques nuit trop à l'ensemble de l'équipe. Après le vote, il l'a croisé une fois dans Parthenia, en discussion avec un Immortel. Christopher l'a ostensiblement ignoré.

Depuis, plus rien.

Cette disparition soudaine le laisse désemparé. Depuis plusieurs mois, leurs déambulations dans Parthenia rythmaient ses journées. Il a pris l'habitude de leurs rendez-vous près du Puits Central, déchiffre désormais toutes les références de son ami, est capable, même, d'anticiper ses blagues. Au combat, ils étaient devenus complémentaires. Il n'est pas le seul à le dire, les autres soldats le soulignent à chaque assaut. Il a d'ailleurs refusé les invitations d'Anton42 à rejoindre sa guilde pour continuer de lutter aux côtés de Christopher.

Christopher l'estime. Pour son sens tactique, la vivacité de ses réactions. Grâce à lui, depuis quelques mois, Baptiste ne se trouve pas si nul.

Christopher lui a fait confiance bien au-delà de Parthenia en l'invitant chez lui, dans la vraie vie. Ce n'est pas rien. Le jeune garçon a perçu cette invitation comme le premier pas vers une amitié véritable, d'autant plus remarquable à ses yeux que Christopher ignore tout de son passé autant que de ses perspectives. Une amitié gratuite, une amitié légère. Tout est allé très vite, c'est vrai. Trop, peut-être. Mais cela fait longtemps qu'il ne juge plus la force des liens au nombre des années.

Oui, c'est tout à fait ça : il aime que Christopher l'ait accueilli en restant à distance, sans chercher à fouiller, sans rien demander sur sa vie IRL, sur sa vie hors de Parthenia. Distance pudique ou désinvolte, la différence n'importe pas. Christopher acceptait de s'en tenir aux avatars.

Sans Christopher, il ne sait plus à qui parler. Il pourrait crever de solitude, la gueule ouverte sur le lino imitation parquet, dans un silence total abstraction faite du son de la télé, personne ne s'en apercevrait.

Qui le pleurerait ? Jérôme, peut-être. Sans lui, Jérôme se retrouverait totalement seul. Il doute qu'il puisse survivre à ce nouvel abandon. Même s'il lui en veut de faire le crevard depuis sa rencontre avec Christopher, de ne pas répondre à ses textos, même s'il rumine encore toutes les fois où Baptiste l'a lâché sans dire pourquoi, pour S. ou juste par flemme, malgré tous les coups bas et la rancœur accumulée, Jérôme pleurerait. Seule cette certitude le rassure.

Sa sœur aussi, pour la forme, puisqu'elle fait toujours comme il faut. Il ne doute pas qu'elle excellerait à porter le deuil, le visage mouillé de larmes et néanmoins digne.

Et puis sa mère, sans doute, par culpabilité.

Son père ? Pas sûr. Baptiste l'imagine plutôt soulagé.

À mesure que le déroulé de sa propre cérémonie funèbre se précise dans son esprit, sa colère grimpe. Il n'a pas peur, non : il leur en veut. C'est à cause d'eux qu'il en est là. À cause d'eux qu'il ne sait pas se battre. Qu'il s'est toujours laissé piétiner sans réagir. À cause de son paternel surtout, qui martelait comme un prêche que *la violence ne résout rien* – et aurait pourtant dénoncé toute défaite au corps-à-corps, dépité que son fils ne sache pas se défendre. Il y avait ceux, comme Fayçal, capables de frapper ; les autres avaient intérêt à faire de bonnes études. Baptiste aurait voulu intégrer la première équipe et son père l'a contraint à échouer dans la deuxième car Baptiste n'a jamais eu le courage de le contrarier.

Tandis que la verseuse de café tourne dans le micro-ondes, il repense à la dernière fois où Christopher lui a adressé la parole, au mariage de sa sœur, et retrouve dans son téléphone le fameux texto qui lui dit d'aller se faire foutre. Sa propre réponse, certes expéditive, lui apparaît néanmoins pleine d'humour, sauf à être prise au premier degré. Il se peut qu'il ait été maladroit ; à sa décharge, il se rappelle qu'à cet instant flottait dans son esprit brumeux le visage de la fille aux yeux verts.

TING. Le liquide réchauffé est acide et sans saveur, mais le fond du paquet ne suffit pas à remplir un nouveau filtre. Il en verse dans une tasse ébréchée floquée de Bart

Simpson, le dilue avec beaucoup de lait et deux sucres, puis retourne s'affaler dans son Fatboy taupe.

C'est à elle qu'il se met à songer alors. Il a fouillé ce qu'il pouvait trouver en ligne. Sur les photos ou vidéos de Bourgel, il l'aperçoit souvent, dans l'entourage immédiat du politicien. Il prend goût à ce nouveau jeu, qu'il a nommé « Où est Charlène » puisqu'il ignore encore son nom, et ce n'est sûrement pas Charlène mais la référence détournée à sa lecture d'enfance l'amuse. Quelque chose comme Camille, Pauline ou Sophie, peut-être ? Un prénom sans relief particulier, pour tout imaginer.

Alors que grossit sa collection d'articles, il constate qu'il n'est pas le seul à être intrigué par la présence de cette fille dans la garde rapprochée de Bourgel. Entre les lignes, il comprend que beaucoup soupçonnent une liaison. Il en serait presque jaloux. Ce serait dingue, pense-t-il, qu'elle couche avec ce vieux mec. Pas tout à fait le prototype du Chad. Vu son âge, se dit-il, il doit avoir la queue aussi fripée qu'un nugget – il grimace et réprime un haut-le-cœur à la vue de sa barquette de poulet pané. Bourgel est bien la millième preuve que le pouvoir booste la VSM.

Plus il y pense, moins il croit à cette prétendue liaison. Cette fille n'avait ni l'allure d'une proie ni le regard d'une meuf en chasse. Elle avait l'air de s'en moquer pas mal, même, de ce type : elle n'a pas décroché les yeux de son téléphone, ne l'a pas suivi lorsqu'il a quitté la table, la première fois. Les filles de son âge, qui cherchent un Chad ou un betabux, ont nettement plus la dalle qu'elle en présence de leur cible. Il voudrait pouvoir soumettre à Christopher son analyse.

Peut-être qu'elle ne fonctionne pas tout à fait comme les autres. Pour commencer, elle a eu l'air de s'intéresser à Parthenia. Les meufs normales se moquent des geeks dans son genre qu'elles prennent au mieux pour des asociaux, au pire pour des attardés, sans rien chercher à connaître des univers qu'ils habitent. Cette particularité la rendrait presque suspecte.

— T'es un drôle d'animal, Léa.

Gabrielle saisit un paquet de Dunhill Blue sur sa table de nuit. Nue, étendue sur les draps froissés, la jeune femme garde les yeux fermés. Elle regrette cette fâcheuse tendance qu'a son amante à vouloir rompre les silences après l'amour.

— Tu te demandes pourquoi je dis ça ? insiste-t-elle.

Léa ne répond pas. Drôle d'animal ? Oui, sans doute. Dans l'élan du désir, elle aime enserrer le corps de sa proie à la manière d'un boa constrictor, raffermir son étreinte autour des battements du cœur pour sentir contre sa peau les palpitations affolées. Il lui plaît que sa partenaire se débatte sous elle. S'agit-il de cela ? Cette pensée la fait sourire.

— Je t'ai vue hier, au restaurant, en tête à tête avec ce dingue… J'ai pensé délirer mais Lisa, avec qui je dînais – tu sais Lisa, l'attachée de presse, tu vois ? –, l'a reconnu, elle aussi. Bref : qu'est-ce que tu foutais avec Bourgel ?

La jeune femme ouvre aussitôt les yeux et se redresse sur le bord du lit. Légère panique. Elle se réfugie dans la salle de bains le temps de trouver sa réplique. Le dos tourné, lance d'un peu loin :

— Et toi, qu'est-ce que tu foutais dans le VIIe ? Je croyais que tu ne mettais pas les pieds rive gauche…

— Vas-y, esquive…

— C'est un ami du mec pour qui je travaille. Je devais lui demander un service.

— Étrange ami non ?

— Tout le monde se connaît en politique, rétorque sèchement Léa. Ça marche comme ça.

— Ah OK, bien sûr. Faut-il que je rappelle, quand même, que ce mec est un gros facho ?

Léa lève les yeux au ciel. Que Gabrielle se mêle de politique l'insupporte, elle qui ne vote que par acquit de conscience, sans enthousiasme ni crainte, certaine que ses intérêts seront toujours bien défendus quelle que soit l'issue, convaincue pourtant que son passage éclair dans l'isoloir l'autorise à mépriser ceux qui s'abstiennent. Démocrate forcenée le jour où on lui demande de mettre un bulletin dans l'urne, satisfaite le reste du temps de déléguer tous les pouvoirs aux experts, à ceux qui savent et dirigeront avec raison. Pour éviter que la discussion ne dérape, Léa tente d'y couper court :

— Franchement, je préfère qu'on n'en parle pas. Tu n'y connais rien en politique, et je me passe bien de tes sermons de daronne…

À l'instant où elle la prononce Léa regrette l'allusion à leur différence d'âge, dont elle ne comprend pas bien la motivation, d'ailleurs, s'attachant généralement à rappeler l'insignifiance de cet écart. L'attaque est gratuite, mal maîtrisée. La faute à sa partenaire, pour avoir tenté une incursion dans le deuxième monde, au mépris des cloisons soigneusement érigées. Hors de cet appartement, elles ne se connaissent pas. Léa n'a aucun compte à lui rendre. Aucun.

Et puis, facho, elle exagère. C'est un peu court, facho, comme raisonnement, et facile comme insurrection. Misogyne oui, xénophobe, homophobe aussi, elle ne va pas le défendre… Mais facho, ça l'emmerde. Facho, ça ferait d'elle une collabo.

Elle ne peut pas lui expliquer, il faudrait tout reprendre depuis le début. La rencontre avec Bourgel, par l'entremise de son professeur de sciences politiques, lorsqu'elle cherchait un stage de fin d'études et qu'il venait d'être élu député dans le Var. Elle avait bien mentionné au départ que Bourgel n'était pas sa came, réserve balayée d'un rire méprisant par son prof, *Mademoiselle, hélas, vous n'avez pas de quoi faire la difficile.* Ce « de quoi », qui pouvait désigner un patronyme de bonne famille ou un diplôme de grande école – il n'avait pas eu à le préciser –, avait jeté un coup de projecteur soudain et salutaire sur cette colère qu'elle trimbalait depuis l'enfance. Faute *de quoi*, elle avait envoyé un CV, donc, une lettre de motivation, trois de recommandation. Avec photo, avait-il conseillé. Bourgel l'avait reçue, par courtoisie, dans un café. Elle s'y revoit, toute tremblante dans sa veste Massimo Dutti pastel qui faisait ressortir ses yeux, lui plein d'aplomb mais peu habile à choisir ses costumes – c'est ce qu'elle avait pensé au premier regard. Au premier regard, lui l'avait trouvée très attirante. Un désir prédateur qu'elle avait saisi à l'instant, consciente qu'elle devrait par la suite en jouer avec tact. Elle avait plaidé son sens du travail, son perfectionnisme et sa discrétion, il avait vite répondu qu'il acceptait de la prendre en stage, six mois, « et peut-être plus, si les choses fonctionnent bien… » – les yeux un peu trop bas, la voix traînante, avec un sourire vaguement louche dont Léa avait feint d'ignorer les sous-entendus.

En ressortant du café, ce jour-ci, elle s'était sentie fière. Elle n'avait pas été la seule. Elle souriait encore en se souvenant de cet air supérieur que sa mère avait pris pour annoncer à sa voisine, institutrice à la retraite, incontestable notable pour elle, que sa fille, Lya, se lançait « en politique ».

Ne faudrait-il pas reprendre avant, même, remonter plus loin, pour que Gabrielle comprenne ? L'enfance, la solitude maternelle, ce sentiment diffus d'humiliation, et tous ces trucs de psy auxquels elle ne croyait qu'à moitié.

Pourquoi le ferait-elle ? Fallait-il qu'elle s'explique ? Gabrielle a un beau cul, voilà tout, ça ne lui donne pas le droit de sonder son âme.

ACTE 3

ὁρμή

— Tiens, un revenant, lance Jérôme en ouvrant la porte.

— Ça va ? tente Baptiste l'air de rien, non surpris par l'accueil sarcastique.

Il n'a presque pas donné de nouvelles ces derniers mois, accaparé par Christopher et son ascension dans Parthenia. Comme Jérôme ne répond rien, il improvise un semblant de justification.

— Désolé mec, j'ai un peu disparu, je sais, mais j'ai découvert un nouvel open world, chanmé, je vais te montrer… Bref, cool de te revoir. T'as maigri, non ?

La remarque est à double tranchant. Jérôme toujours silencieux retourne s'affaler dans son canapé, relance sa partie de *Call of Duty*. Baptiste entre et referme la porte derrière lui.

— Moi aussi, ça me fait trop plaisir de te voir.

La pièce est sombre, éclairée par la seule lumière du lampadaire de la rue.

— Il fait un peu noir non ? Tu te fais un trip Gotham City ?

Sa plaisanterie ne suffit pas à le faire parler. Baptiste s'avance de quelques pas et balaie le salon du regard, manière de scanner l'état psychique de son ami. Au fond, contre le mur de la chambre, il remarque un rameur d'appartement posé à la verticale, ce qu'il prend pour un bon signe. Dans ses mauvaises périodes, Jérôme ne quitte pas son lit. Darkpilled, dirait Christopher.

Mais aujourd'hui, Baptiste pense que le silence de Jérôme ne traduit que sa vexation. Il ne s'en fait pas, il a l'habitude que Jérôme soit fâché, sait qu'il suffit d'attendre et de continuer à parler.

— Tiens, je t'ai pas dit, j'ai pris une poule ! reprend-il avec enthousiasme. Tu te souviens, on avait vu un reportage là-dessus ? Franchement, c'est vrai, ça tient compagnie, sans que tu doives t'emmerder à la sortir et tout. Y a que la litière à changer. Et faut lui donner de la lumière, la mienne se balade près des lampes UV. Bon ben du coup, avec ton trip Gotham, c'est peut-être pas la meilleure idée…

En réalité, il ne s'est toujours pas décidé pour la poule mais le mensonge est inoffensif puisque Jérôme ne met jamais les pieds chez lui. Jérôme n'accepte de fréquenter que deux endroits : son minuscule studio et les rayons de son petit supermarché dont il connaît, maintenant, toute la clientèle.

— Tu veux pas la fermer ? Tu me déconcentres, lâche enfin son hôte.

— Bon, comme je te disais par texto, c'est un peu la lose là, mon père vient de me foutre dehors.

Jérôme continue à jouer mais Baptiste sent qu'il l'écoute.

— Ouais il squatte le studio, juste pour quelques jours hein, le temps que les choses se tassent avec sa meuf du moment et qu'il puisse réintégrer son appart… Mais c'est cool, comme ça on a l'occasion de passer un peu de temps ensemble, toi et moi. Comme je te dis, j'ai découvert un jeu de ouf, tu vas kiffer.

Jérôme appuie sur pause mais s'efforce de garder un visage neutre.

Pour le studio, Baptiste a bien tenté de protester, en assurant qu'il verserait un loyer grâce à son job à la parfumerie, mais son père n'a rien voulu savoir. C'est l'histoire d'une semaine, a-t-il promis, en lui suggérant d'en appeler à l'asile maternel. Furieux mais docile, Baptiste a jeté deux joggings et une casquette dans un vieux sac. Après avoir échoué devant la porte close de sa mère, en vacances sur une île grecque sans avoir laissé de double des clés, il a pensé à Jérôme, aussitôt contacté par SMS : « Salut mec. Je peux venir ? Suis en galère… t'expliquerai. » L'absence de réponse ne l'a pas dissuadé de se pointer quand même, sûr que son vieux copain ne saurait pas dire non.

Ce dernier traîne à présent ses pantoufles *Pokémon* sur le carrelage de la cuisine américaine, à la recherche de deux verres. Baptiste les remplit de rosé puis, contraint par le mutisme persistant de son ami, lance enfin la perche attendue :

— Y a un problème, mec ? On dirait que t'as l'seum. Vas-y, je t'écoute.

Alors, Jérôme déroule. D'abord sur un ton saccadé, rythmé par sa colère froide : après des semaines sans réponse on ne se pointe pas comme ça, faut pas le prendre pour un pigeon, et puis c'est pas la première fois, t'es vraiment un putain de crevard, balance-t-il le visage crispé, avant de se lancer dans une apologie morale de la fidélité, avec une expression faciale cette fois-ci plus proche du pitbull que du golden retriever. Baptiste, pas contrariant, un peu distrait par cette comparaison canine qui lui est venue à l'esprit et lui donne envie de sourire, hoche la tête et demande mécaniquement pardon, vraiment, pardon, avant de se diriger vers le distributeur à glaçons.

— Rosé piscine, pour oublier ?

Jérôme soupire mais se laisse faire. Il le connaît trop bien.

Ils sortent sur le balcon. Baptiste se roule un joint, Jérôme continue de tirer la gueule. Après deux taffes, le premier commence à raconter : le forum et sa rencontre avec Christopher, puis Parthenia, dont il décrit le décor et le gameplay avec emphase, en louant l'exigence des entraînements et en vantant ses premiers exploits. Il évoque les Collectionneurs ensuite, certain que leur entreprise parlera à Jérôme, chineur invétéré de *Warhammer 40,000*. Ce dernier mord à l'hameçon et commence à l'interroger sur les différents personnages, la durée de jeu requise avant de monter en grade, le niveau de difficulté des combats – lui n'a plus tout son temps à y consacrer, il est passé à 80 % dans son taf au supermarché.

— Ça demande pas mal d'engagement et d'assiduité, ouais. Mais t'as qu'à t'inscrire, tu verras bien.

Baptiste détaille ensuite son escapade à Paris pour la PGW et le meeting de Bourgel du lendemain. Jérôme s'agace, Baptiste aurait pu au moins répondre à ses SMS, il sait qu'il crève d'envie depuis toujours d'aller à la PGW et que Miyamoto est son idole. Même le meeting de Bourgel aurait pu lui plaire, renchérit Jérôme avec un peu de mauvaise foi, il a beau se foutre de la politique, il trouve le type intéressant, il ne parle pas comme tout le monde au moins, ose dire la vérité, il a regardé plusieurs interviews qui passaient dans son fil Facebook. Et la campagne #AntiApocalypse l'a fait marrer.

— Désolé khey. Je dormais chez ce mec, je pouvais pas trop t'incruster. On ira l'an prochain, si tu veux, promet Baptiste en expirant un épais nuage de fumée.

Il en vient alors à Léa – le vrai prénom de Charlène, a-t-il déduit en trouvant les noms des collaborateurs de Bourgel en bas de la fiche de ce dernier, sur le site de l'Assemblée nationale. « Une drôle de meuf, tiens, mate ça » tandis qu'il tend à Jérôme son téléphone, lequel ne saisit pas l'appareil mais se contente de pencher la tête puis concède finalement un « mouais… » crispé en écho au « pas mal non ? » trop enthousiaste de son ami retrouvé. Baptiste remballe et n'insiste pas. Surtout pas. Il sait que Jérôme peut devenir dingue lorsqu'il est jaloux. Celui-ci, d'ailleurs, n'évoque jamais sa vie intime et préfère s'étendre sur le moindre détail de sa vie professionnelle – la politique achat de la supérette où il bosse, la réglementation sur la vente à perte, l'optimisation de la gestion des stocks, la stratégie des promos et l'arnaque du bio, sans s'apercevoir que Baptiste n'écoute pas toujours, voire pas souvent, sans oser pourtant l'interrompre, sentant combien c'est important, combien ce rôle-là semble pour son ami source de fierté.

À mesure de leur discussion, Jérôme se détend, plaisante même, d'un humour noir et grinçant, et partage de nouveaux mèmes de Wojak. Il insiste pour lui montrer son dernier troll. Sous le clip d'une jeune chanteuse en jean et T-shirt court aux millions de vues, un certain JoMengele lance un appel à la légalisation du viol. Jérôme fait ensuite défiler le flot de commentaires outrés, sourire aux lèvres, visiblement satisfait que son scrolling semble ne jamais terminer. Parvenu au dernier, il se marre :

— Quelle bande de PNJ. Les meufs n'ont tellement pas d'humour… C'est comme lancer un pétard dans une fourmilière. Mec, ça devient presque lassant de troller…

Après une longue heure à zapper entre différents lives Twitch, Jérôme propose de mater à nouveau *Fight Club*, ce que Baptiste interprète comme une preuve supplémentaire de leur réconciliation. La hache de guerre est explicitement enterrée lorsque Jérôme lui tend un paquet de Granola.

Vers deux heures du matin, Jérôme s'écroule de fatigue. Baptiste fume un dernier joint avant de s'endormir à son tour, bercé, en fond sonore, par les toutes premières mesures de *Where is My Mind?*

Une boulimie soudaine d'After Eight, un nœud de cravate serré à l'excès : Daniel Bourgel est anxieux. Serge y mettrait ses deux paluches au feu. Comme toujours dans ces situations, Bourgel l'a rappelé vers lui, dix jours auparavant, en lui demandant d'assister à nouveau aux réunions du lundi et de venir à chacune avec un peu d'avance pour qu'ils puissent discuter.

La présence de son plus ancien conseiller le rassure et tempère ses tendances paranoïaques, croissantes à l'approche du premier tour. Cette fois, le retour de Serge a également un lien avec le conseil de Lejeune : « Méfiez-vous de votre entourage. » Son vétéran reste le seul en qui il ait confiance. Comme son double en version dégradée. Il sait que Serge se satisfait de cette place de l'ombre. Au contraire, Léa et Thibaut sont jeunes, avides de reconnaissance : des Brutus en puissance. Léa, en particulier. Son emprise sur elle n'est pas éternelle. Avec Thibaut, le rapport est plus égal, c'est évident, sans biais, viril, et c'est finalement ce qui rend la trahison moins probable. Mais Léa, elle, finira par le poignarder dans le dos. Il sent bien qu'elle est instable. Elle ne serait pas avec lui, sinon. Fragile. Fragile, donc dangereuse. Il aimerait quand même la baiser avant de s'en défaire. Au moins une fois. Une question d'ego, c'est plus fort que lui. Pour l'instant, il se contente de réduire lentement son influence et la surveille de près.

Les yeux à peine ouverts en cette heure matinale, avachi dans l'un des deux fauteuils placés face au bureau, Serge tente de rester accroché au discours volubile et haché de son patron.

L'air un peu grave, Bourgel entreprend un résumé des sondages. Sa popularité bénéficie de l'atonie de la campagne de ses adversaires. La candidate de gauche subit les assauts de son propre parti, atomisé depuis dix ans par des querelles intestines, le candidat de droite traîne péniblement ses casseroles judiciaires tandis que le président sortant, fort d'une légère avance dans les enquêtes d'opinion, se laisse paresseusement flotter au-dessus de la mêlée : interprétée comme signe d'un excès de confiance, cette posture érode lentement son score. Et si les médias semblent avoir un faible pour la candidate écologiste, Émilie Chapuis, qu'ils créditent d'une prime d'outsider depuis qu'elle a arraché l'investiture présidentielle au premier secrétaire du parti, cette dernière est fragilisée par la campagne de harcèlement en ligne dont elle fait l'objet. Après les accusations de maltraitance animale portées contre elle, la voilà qui doit désormais lutter pour convaincre de l'inauthenticité d'une vidéo dans laquelle elle apparaît aux côtés d'écoterroristes italiens. C'est en substance ce que retient Serge, du moins en partie et dans ses mots à lui : « Ça sent plutôt bon, quoi. »

Reste Bidault, qui ne se résout toujours pas à se retirer. Le fait d'être passé en dessous des 5 % d'intentions de vote ne semble pas avoir eu raison de son énergie : il sillonne la France, saisit chaque micro tendu et ne manque pas une occasion de s'exprimer à la radio locale, sans parvenir pour autant à élargir sa base. Bourgel conquiert à grands pas son territoire électoral en se montrant plus offensif, plus drôle, plus télégénique, en un mot meilleur communicant. Dans les derniers sondages, Bourgel est crédité de 15 % d'intentions de vote : compte tenu de la fragmentation du paysage politique, il se considère désormais en lice pour l'accès au deuxième tour. Mais il faudrait tout de même grignoter les derniers points du vieillard, conclut le candidat. Serge ferme les yeux et hoche la tête, pour aller dans son sens.

Comment accroître ses chances ? Depuis l'entrevue quai André-Citroën, Bourgel a repensé aux recommandations de l'industriel. Il ne faut probablement pas négliger l'importance des coups politiques classiques, pour incarner la force et s'ériger en chef incontestable. C'est à la faveur d'un documentaire télévisé consacré à Mitterrand, diffusé en pleine nuit alors qu'il rentrait d'une fastidieuse et tardive séance consacrée à un projet de loi de finances rectificative, qu'il a trouvé l'idée. « T'es avec moi, Serge ? » Le conseiller sursaute et rouvre les yeux.

Bourgel se dirige d'un pas sautillant vers la machine à café, insère une capsule pour la troisième fois, puis reprend d'un ton enthousiaste en poussant la voix pour couvrir les décibels de la vieille Nespresso :

— J'ai eu une idée. Un coup pour aller chercher les quatre ou cinq points qui nous manquent si c'est pas l'électorat de Bidault qui nous rejoint. Un truc qui va te plaire, un peu barbouze.

— Je t'écoute.

— Lejeune a raison. Il nous faut quelque chose de plus fort que ces campagnes virtuelles. Surtout pour capter les vieux électeurs. Quelque chose qui puisse résonner avec leur inconscient politique… Un truc à la de Gaulle, disait Lejeune. Mais j'ai bien réfléchi, et c'est pas chez de Gaulle qu'il faut chercher…

— Chez qui ?

— Mitterrand ! Tu connais meilleur Machiavel, toi ?

— C'est-à-dire ?

— L'affaire de l'Observatoire ! On va faire croire à une tentative d'assassinat.

— Hum… Pour Mitterrand, ça a plutôt raté…

— Il manquait de préparation. Et contrairement à lui, j'ai un atout de taille : une milice virtuelle. On peut préparer ça sans laisser de trace. Je demande à Thibaut de me trouver un gamin en ligne, un soutien un peu zélé et du genre cow-boy, on lui fournit le matériel, on lui promet du blé, il apprend à tirer…

Serge le fixe avec une moue dubitative qui fait ressortir ses bajoues. Sa tête pivote de gauche à droite au gré des enjambées du patron, lequel quadrille à présent son bureau à grands pas, tasse noire à la main, cherchant à voix haute à préciser son plan :

— Pendant un bain de foule par exemple, une balle perdue… Ou mieux, pendant un gros meeting, reprend-il. Je pourrais feindre l'effarement et n'aurais qu'à jouer les victimes. Je pourrais même me jeter sur Léa, comme pour la protéger ? C'est vendeur, ça, le héros rescapé.

— Et toujours agréable de se frotter contre des jolies filles… répond Serge avec un grand sourire, réveillé par l'image avant même que n'agisse la caféine. Sauf qu'on ne sait jamais trop qui on recrute en ligne.

— C'est vrai. C'est un risque à prendre. Mais on ne connaît jamais parfaitement non plus les chevaux de sa propre écurie.

— OK, j'achète. C'est audacieux. Je suppose que ça te ressemble…

— De l'audace, encore de l'audace, toujours de l'audace, et la France sera sauvée ! Tu n'en parles à personne bien sûr. Je verrai si je mets Thibaut dans la combine.

— Et Ziani ?

— Hors de question, trop dangereux. Je ne lui fais pas confiance pour une mission si cruciale.

— T'as raison. Les gonzesses sont incapables de tenir leur langue…

— D'ailleurs, je ne sais pas comment elle va réagir au vieux dossier que Bidault s'apprête à sortir.

— Sur l'étudiante, encore ?

— Oui. Il paraîtrait qu'elle est prête à témoigner.

Après un court silence, Serge reprend ;

— T'as intérêt à désamorcer Ziani avant que le dossier sorte. Elle risque de s'identifier.

L'épaule appuyée contre le cadre de la fenêtre, Bourgel observe la sphère en granit noir de la cour d'Honneur. Serge se lève à son tour, balaie du regard les livres de la bibliothèque, les mêmes depuis vingt ans – Renan, Hugo, Aron, Huntington, Marx, Bainville, Stendhal et Maurras en Pléiade – et d'une voix plus basse ajoute :

— Ou alors, tu t'en sers comme bouclier. Quoi de mieux qu'une jeune fille qui vient de passer des années à tes côtés pour plaider ta cause ?

Une salle obscure, éclairée à la lueur de flambeaux. On devine sur les murs des discours et des portraits d'hommes. Au centre, une scène, délimitée par des cordes, comme un ring. On croirait que des projecteurs la surplombent, ou que la lumière du jour tombe judicieusement en son centre par une trappe laissée ouverte au plafond de ce sous-sol. Il est impossible de le savoir : les avatars ne savent pas lever la tête.

Baptiste est fier de s'y trouver enfin. C'est Anton42 qui l'a fait venir. Il fait un tour de la salle pour se familiariser avec le lieu – un réflexe de jeu – avant de rejoindre les autres, attroupés autour de la scène. Seul sur le ring, au centre d'un cercle lumineux, un homme richement vêtu prend la parole :

> [Tyler] Messieurs, bienvenue au Gymnasium. Félicitations. Si vous vous trouvez ici, c'est que nous avons reconnu en vous un potentiel, une intelligence, un courage qui pourraient conduire certains d'entre vous à intégrer, un jour, la garde rapprochée des Immortels. Je dis bien certains d'entre vous. Ici, vous serez mis à l'épreuve. Vous combattrez les uns contre les autres. Plus important encore : vous musclerez vos âmes.

Avant que je vous explique en quoi consistera la première séance, je vous rappelle deux règles fondamentales. La première règle du Gymnasium est : il est interdit de parler du Gymnasium. La deuxième règle du Gymnasium est : il est interdit de parler du Gymnasium. Ni dans Parthenia ni hors de Parthenia. Ce que vous dites ici, ce que vous faites, est un secret qui nous liera. Je vous fais confiance. Vous me faites confiance. Cela fait de nous des frères.

En guise d'approbation, faute de pouvoir applaudir ou hocher la tête, les avatars Lego tendent le bras droit à quarante-cinq degrés. Baptiste n'y prête pas attention.

[Tyler] Ne prenez pas ce qui se passe ici à la légère, messieurs. Si nous sommes entraînés, si nous sommes organisés et disciplinés, nous pouvons avoir de l'influence bien au-delà de cet univers.
Je suis certain que vous voudriez être entendus et respectés davantage, à l'extérieur, comme vous l'êtes dans notre Cité, non ? Que nos règles, honnêtes et loyales, valent partout, n'est-ce pas ? Ne désespérez pas. Nous construisons ici un monde idéal, un monde viril et fraternel, à rebours de la société dégénérée que nous subissons tous. Nous défendons une Cité pensée par et pour les hommes. Ici, les Barbares restent hors les murs.
Parthenia, messieurs, est la preuve qu'un autre monde est possible. Un monde dont vous serez les piliers et les architectes. *Avanti !*

Les bras se tendent à nouveau en direction de l'orateur. Dans la boîte de conversation, un déluge d'« *Avanti !* » en écho, quelques « Vive le Duce ». Baptiste évite les commentaires, incertain de ce qu'il faut écrire.

Il ne connaît pas Tyler mais a déjà lu son nom plusieurs fois. Il est proche du Duce, raconte-t-on, et se passionnerait pour l'Antiquité et la politique. Certains le disent même docteur en histoire et membre de la Ligue nationale. Bien qu'il se méfie des rumeurs, nombreuses dans la Cité, Baptiste trouve celle-ci crédible. Il n'y a qu'à voir comme le mec parle.

Tyler annonce ensuite l'exercice du jour : l'un des participants doit monter sur le ring pour livrer aux autres le récit d'une humiliation, puis décrire une personne qu'il admire. L'humiliation sert à reconnaître son imperfection tandis que le modèle donne un cap, explique Tyler. Il exige un volontaire. Le cœur de Baptiste accélère brutalement : il s'imagine déjà nu devant tous, contraint de se livrer aux rires de l'assemblée, « J'ai pas de boulot et ma meuf m'a largué pour un vieux chauve... », affront minable et terriblement ordinaire. Son angoisse se dissipe lorsque deux personnages s'avancent en même temps vers la lumière. Le plus richement vêtu obtient la priorité.

Il s'appelle DeathAngel, c'est sa première fois au Gymnasium. Sa dernière humiliation remonte à quelques jours à peine, pendant une pause déjeuner. Il commençait à peine son burger, assis seul à une table de deux parce qu'il n'y avait plus de place aux comptoirs individuels où il se met d'habitude, lorsqu'un couple de son âge s'est installé à la table d'à côté. La fille plutôt moyenne, disons HB4, mais blonde aux yeux bleus tout de même, le mec, un Arabe à casquette, grand et musclé. Il n'arrêtait pas de la toucher, en retour elle riait bêtement. Ça l'a foutu en colère, lui, cette nouvelle illustration du 80/20, les gloussements de la jeune fille en chaleur, il a commencé à les fixer et le type s'est agacé, « T'as un problème, mec, à nous mater comme ça ? » ; il n'a rien répondu mais n'a pas détourné le regard, pour ne pas se laisser faire, alors le Chad a donné un grand coup dans sa table et son Big Tasty lui a échappé, atterrissant sur son T-shirt blanc. Le mec ne s'est pas excusé et l'a encore taclé « À ta place, mec, j'en profiterais pour retourner plutôt commander un sachet de crudités. » Tout ça, sous les yeux des tables alentour. Il a dû retourner bosser avec d'énormes taches de sauce et de fromage fondu.

Il ajoute qu'il a l'habitude depuis le temps, mais que quand même ça le rend fou. Il sait qu'il faudrait qu'il se résigne, qu'il se laisse définitivement blackpilled. Il se met alors à parler d'Elliot Rodger, il a lu son manifeste, *My Twisted World*, s'est reconnu à chaque ligne. Sûr qu'il ne se serait pas laissé faire, lui, heureusement qu'il les a vengés tous. Six morts, quatorze blessés, c'est pas cher payé pour tout ce que la société leur inflige. Il se sent mieux, tout de même, grâce à Parthenia. Et s'il retrouve suffisamment de force, pourquoi pas, lui aussi…

Baptiste, perplexe, ouvre une discussion privée avec Anton42.

[Tiresias] Chelou lui, non ?
[Anton42] Ouais. Pas le premier fan d'Elliot Rodger que je rencontre. Ils font souvent flipper. Mais c'est peut-être un troll.
[Tiresias] Comment ça ?
[Anton42] Tu sais jamais, ça se trouve c'est un mec des rens' qui se fait passer pour un incel… Il attend que des mecs adhèrent à son bullshit, le contactent en privé et hop, il tracke leur IP…
[Tiresias] Genre des boloss sans VPN ? Tu crois qu'on est surveillés ?
[Anton42] Ben non pas si t'as un VPN, tu viens de le dire. C'est pour ça qu'il en faut un, même si ça ralentit les chargements. Et qu'on parle pas du club des A. n'importe où… Mais tkt, globalement, les mecs de la DGSI ne traînent pas trop ici.

Tyler remercie l'intervenant pour son courage et sa franchise. Il comprend sa frustration, son sentiment d'injustice. Contrairement à ce que la société veut nous faire croire, la haine est un moteur, une force redoutable qui surpasse en tout point l'amour. Elle est la vertu des surhommes. À condition, bien sûr, de savoir la dompter. Ne jamais agir en enfant, impulsif et inconséquent. Ici, au Gymnasium, ils apprendront à identifier les leaders capables de transformer le monde et de rendre aux hommes, aux hommes comme eux, le pouvoir qui leur est dû. Des leaders politiques avec une vision, au service desquels ils rassembleront leur force : c'est par l'engagement de tous qu'ils vaincront et non par des actes isolés.

Le discours se faufile sans accroc entre les haies de bras levés.

[Anton42] Toujours aussi doué, Tyler. Je me demande à quoi il ressemble dans la vie… T'imagines, IRL, c'est un tocard à lunettes ?
[Tiresias] lol. Imagine, en vrai, il a un cheveu sur la langue et il bégaie puissance mille…
[Anton42] L'enfer. Mais même comme ça il doit guédra lui. Il a un truc. Tiens tu savais que Napoléon était un petit gros et qu'Hitler n'avait qu'une couille et un micro-pénis ? La puissance du blabla, khey.
[Tiresias] Et toi t'essaies de compenser quoi ? Une petite bite ???
[Anton42] Tu veux une tof de mon chibre en MP ? Petit pédé va.
[Tiresias] Mec, j'arrive plus à déco…
[Anton42] Normal. On peut pas quand on est à l'intérieur du Gymnasium. Pourquoi, tu t'apprêtais encore à me faire croire que ta batterie était soudainement morte ?

Baptiste fait mine d'ignorer la référence à sa déconnexion brutale, lorsque Anton42 avait décrit les méthodes des Aviateurs.

[Tiresias] On fait comment en cas d'urgence ?
[Anton42] Ben tu laisses ton perso en plan et tu espères que Tyler ne s'adressera pas à toi. Ou alors t'attends, on devrait pas tarder à ressortir là. Dernière option : tu demandes un emergency exit mais ça te coûtera des points d'xp.

Un mail de dix lignes sur son adresse professionnelle, des points de suspension en rafale, pour demander à la revoir. Quelques secondes s'écoulent avant qu'elle en identifie l'auteur. Ça lui revient : elle l'a rencontré lors d'un mariage auquel elle a été forcée d'accompagner Bourgel, pour l'image surtout, parce que ce dernier projetait d'y rencontrer un soutien financier potentiel qui serait plus aisément séduit avec l'aide de Léa.

La soirée, sans surprise, avait été pathétique. L'arrivée en 2CV bordeaux recouverte de tulle, pauvre bagnole, les serments de fidélité jusqu'à la mort face au prêtre grabataire qui n'en était plus si loin – elle pourrait jurer qu'un filet de bave était tombé dans le calice –, la salle couverte de fleurs blanches et roses du sol au plafond, décoration aussi surchargée et convenue que leurs discours, qui racontaient sans pudeur leurs premiers émois de jeunes bourgeois transis, l'alcoolisme mondain de l'homme – rires gras des garçons d'honneur –, la passion équestre de la femme qui l'avait conduite à choisir le plus bel étalon – applaudissements – tout en soulignant toutefois l'indépendance farouche de Madame, féministe et néanmoins si douce – attendrissement de l'assemblée – pour terminer avec un déluge d'amour, parce que c'était elle et parce que c'était lui. Ils avaient même osé la citation, au-dessus d'un de leurs portraits de couple, leurs faces en gros plan et des buildings à l'arrière, *L'amour, c'est regarder dans la même direction*, leurs quatre yeux retouchés en des strabismes convergents. Pourvu que l'intelligence artificielle crée de meilleures homélies, ce sera au moins ça de pris, avait pensé Léa.

Les deux mecs s'étaient plantés à côté d'eux. Le premier, plein d'aplomb en dépit de sa dégaine des années 2000, façon 2Be3 sur le retour avec début de calvitie et embonpoint, avait bloqué sur Bourgel. Le second, plus discret, plutôt mignon quoique maladroitement déguisé d'une cravate violette, l'avait dévisagée, elle. Bien incapable de contenir son mépris pour les plus jeunes hommes, unique forme qu'il sache donner à sa jalousie, Bourgel avait mouché le plus assuré des deux avant de s'éclipser.

Elle s'était alors retrouvée seule avec l'autre garçon. Elle ne l'avait pas vraiment calculé, jusqu'à ce qu'il évoque Parthenia et lui livre son pseudo. Tiresias. Petite décharge le long de sa colonne. Elle avait tenté de ne rien laisser paraître.

À la première lecture, ce mail un peu gauche ne lui tire qu'un soupir. À la seconde, un détail l'interpelle : l'heure de réception. 10 h 56. Ce genre de missive ne lui parvient souvent qu'à la nuit tombée.

À cette heure-ci, il doit s'agir d'autre chose. Le garçon doit être désœuvré. Ou décidément peu ordinaire. Dans les deux cas, elle se sent attendrie.

Elle repense à leur échange. À l'enthousiasme avec lequel il a décrit Parthenia, sa façon enfantine et douce de décrire cet univers, aux antipodes pourtant du jeu d'enfant, comme s'il s'était agi d'une maison familiale, d'un lieu de vacances dont il aurait la nostalgie. Elle s'est demandé ce qu'un mec comme lui, fils de bonne famille puisque frère de la mariée, quelqu'un qui avait *de quoi* et toutes les raisons d'investir la vie ordinaire, foutait dans Parthenia.

C'est ce mystère, sans doute, qui pourrait la convaincre de répondre. Un mail qui s'ouvrirait par « Cher Baptiste » puis enchaînerait avec ce qu'il faut de distance et de politesse, suffisamment court pour ne rien laisser croire, et sa signature de l'Assemblée en clôture, sous son prénom, pour garder l'ascendant. *Léa Ziani – Attachée parlementaire.*

Léa Ziani – Attachée parlementaire. À ses débuts avec Bourgel, ce titre la rendait si fière qu'elle utilisait parfois sa boîte pro pour envoyer des mails personnels. À cette époque, se souvient-elle, elle trouvait encore passionnant de découvrir ce nouveau monde – les déjeuners avec des patrons d'industrie, les cocktails de think tanks où pullulaient de jeunes hauts fonctionnaires un peu ivres – en intruse ignorée par tous, libre d'observer l'envers du décor, de scruter de près les visages de ces hommes qui décident, telle une espionne sans mission. Elle en faisait chaque dimanche le récit à sa mère, laquelle l'écoutait avec la plus grande attention, sans chercher à comprendre pour qui elle travaillait vraiment. À ses yeux, tous les noms brillaient sous les ors de la République française ; seul importait de percevoir dans le regard luisant de sa fille adorée la ferveur des conquérantes.

Quand avait-elle cessé d'évoquer son travail pendant leurs déjeuners dominicaux ? Assez vite, lui semble-t-il. À partir de la réélection de Bourgel, pense-t-elle, due au désistement en sa faveur du candidat de la ligue nationale. Le politicien s'était retrouvé chahuté par son parti qui réprouvait l'alliance, et n'avait pu compter sur Serge, occupé à cette époque par plusieurs affaires : il s'était tourné vers elle. Elle s'était contentée de l'écouter d'abord, avec attention et douceur comme on le lui avait appris, en absorbant, éponge utile, les sautes d'humeur de son patron. Peu à peu, il avait commencé à lui demander son avis, puis à en tenir compte. C'est ainsi qu'elle avait cessé d'être une simple observatrice, petite main sans voix aux écritures sans conséquences. Elle s'était réjouie de ce nouveau rôle tout en se résolvant à observer à propos de son travail un plus grand silence. De moins en moins loquace, de plus en plus puissante. Elle supposait entre les deux une relation de causalité.

Cette nouvelle discrétion avait paru d'autant plus naturelle qu'à la même période sa mère était tombée malade. Les descriptions de ses douleurs, l'inventaire de ses traitements, la liste des choses qu'elle aimait tant et ne pouvait plus faire – elle avait su s'inventer mille passions contrariées – avaient occupé tout l'espace.

Pourquoi répondrait-elle à ce petit-bourgeois paumé ? Il est probable qu'il connaît Parthenia mieux qu'elle ; elle est consciente qu'il s'y trame bien plus que ce qu'elle en perçoit. Peut-être traîne-t-il dans les domus où elle n'est pas admise ? Lui confie-t-on des choses qu'on ne lui confie pas ? Pourrait-elle, grâce à lui, découvrir l'origine du photomontage ?

Par ailleurs, Thibaut prend de plus en plus de place dans la direction de la campagne virtuelle. Il participe à toutes les discussions sur les raids en ligne, a réussi à faire entrer plusieurs membres des JSS dans le premier cercle de campagne – des mini-lui, avec le même teint livide, les mêmes polos marine, la même dégaine de petit con.

Tiresias en cheval de Troie. Pourquoi pas. Elle peut y réfléchir.

Effluves de café et de tabac froid, CNews projetée sur deux télés ; sur une banquette rouge éventrée, elle l'attend. Il l'a convoquée en urgence en cette fin de matinée, dans ce bar tout proche de chez elle. Un arrondissement à deux chiffres, un PMU claqué : elle a tout de suite senti que quelque chose clochait. Il ne veut pas être vu. C'est donc un peu nerveuse qu'elle guette son arrivée.

Elle l'aperçoit ouvrir la porte et la chercher du regard, la tête enfoncée dans les épaules, coiffé d'un béret duckbill. Elle se lève pour lui faire un signe, il s'assied sans prendre le temps de la saluer. Il a peu de temps, prévient-il, autant ne pas tergiverser : une source l'a informé que Bidault s'apprêtait à ressortir un vieux dossier. Il reste vague d'abord. Une étudiante prétend qu'il aurait eu des gestes déplacés. La fille ment bien sûr. C'est elle qui s'était entichée de lui. Il affirme à Léa qu'il ne s'est rien passé. « Enfin, vous me connaissez... » Léa sent sa nuque se crisper mais par réflexe professionnel tente de dédramatiser : si Bidault sort quelque chose, ils répliqueront immédiatement et le traîneront en diffamation. Le temps que le procès se tienne, tout le monde aura oublié. En un mot, ils sauront gérer, résume-t-elle avec ce qu'elle peut d'aplomb.

Il n'a pas l'air de l'écouter, les yeux tournés vers la télé. Il boit une gorgée de café, déglutit et coupe court : pas cette fois. La fille va témoigner et les médias vont s'enflammer.

Cette fois-ci, son regard s'arrête sur elle. Elle a la sensation qu'il hésite une fraction de seconde ; il s'éclaircit la gorge et lâche : « Je crois que vous pouvez m'aider. » Puis précise : « Vous pourriez prendre ma défense en public. »

Donner une interview à la télé pour clamer son exemplarité. Dire qu'il ne l'a jamais touchée, qu'il n'a jamais cherché à la séduire, qu'il n'est pas ce genre d'homme là, dire qu'elle a toute confiance en lui. Il présente presque cela comme une faveur, une manière courageuse de le servir.

Une décharge soudaine la fige tout entière :

— Vous me demandez de mentir donc ? rétorque Léa.

La phrase sort de sa bouche avec un naturel qui les surprend tous deux. Le visage de Bourgel reste impassible mais un éclat dans son regard parvient à troubler Léa.

— Ce ne serait sûrement pas la première fois, réplique-t-il d'un ton glaçant.

— Que voulez-vous dire ?

— Ne faites pas l'idiote. Vous n'avez pas le choix, Léa. Je ne vous paie pas pour prendre du bon temps.

Il marque un long silence pour appuyer un sous-entendu qu'elle ne saisit pas, puis reprend avec la même froideur confinant au dégoût. Il ne faudrait pas non plus qu'elle se foute de sa gueule. Elle lui doit tout, faut-il donc qu'il le rappelle ? Sans lui, elle croupirait en province, au service propreté d'une collectivité insignifiante. À sa place, dit-il, il ferait preuve de davantage de gratitude, surveillerait son comportement et ne rechignerait pas à ce genre de petit sacrifice. Puis, d'un ton sec, dont l'autorité voudrait masquer l'inconfort, il répète :

— C'est simple, Léa. Soit vous témoignez pour ma carrière, soit la vôtre s'arrête ici. À votre place, je ravalerais mes faux scrupules. Et quoi que vous insinuiez, je considère en effet qu'avec vous j'ai été plus qu'exemplaire.

Elle le regarde sans dire un mot, soufflée par la sidération. Dans sa tête se bousculent une quantité de souvenirs poisseux, mains lourdes, regards lubriques, remarques sexistes et blagues dégueulasses, jusqu'à cette invitation pressante à « partir en week-end » qu'elle a esquivée dans l'embarras. Une zone grise, tirant vers l'anthracite foncé, où elle a accepté dès le départ de patauger. *Pas de quoi faire la difficile, Léa.* Ça ne l'a jamais lâchée.

Mais elle doute qu'il comprenne, quand bien même il accepterait d'entendre. Elle ravale sa colère froide et tente l'esquive courtoise :

— Je suis désolée, je ne peux pas. Je ne veux pas m'exposer publiquement. Par ailleurs, la ficelle est trop grosse… Je suis trop proche de vous, on mettrait en doute ma sincérité.

— Votre sincérité ? Vous vous préoccupez maintenant de votre sincérité ? Vous vous foutez de moi…

Avec une moue qu'elle peine à déchiffrer – quelque part entre la colère, l'amertume et le mépris –, il balance sous ses yeux une photo carrée ceinte d'un rectangle blanc. L'iconique Polaroid.

Elle se penche pour l'observer. Deux femmes. Elle et Gabrielle. Son bras entourant les épaules de son amante. Sa bouche dans son cou. Le cliché ne manque pas de charme, pense-t-elle, avant de revenir au problème qu'il semble y voir.

Elle a passé le week-end avec Gabrielle. Une sortie pour acheter des clopes, une autre pour de la glace coco – une envie soudaine de Léa qui se plaisait, entre ces bras-là, à jouer les divas –, le reste du temps entre le canapé italien – américain ? – et la chambre à coucher. Les deux femmes s'étaient manqué.

Le mouchard a dû les photographier au moment des clopes ou du sorbet. Il suffisait de pas grand-chose. Un instant, elle avait baissé la garde.

— Vous voulez que je vous explique ? feinte-t-elle, consciente que la photo se passe d'exégèse.

— Pas du tout. Je me moque de vos histoires, Léa. Vous baisez bien qui vous voulez, c'est de votre âge, encore plus de votre génération. Mais je vais pas vous laisser ruiner mes ambitions pour vos caprices d'adolescente…

Il s'interrompt, serre les poings, gonfle la poitrine, pour endosser le rôle du mâle rugissant :

— Non mais vous imaginez un peu ce que dira la presse en voyant ça ? Vous imaginez ? Je passe mon temps à défendre la famille, l'honneur, le retour aux valeurs chrétiennes, vous savez ce que ça veut dire ? Regardez-moi quand je vous parle ! Votre délire s'apparente à de la haute trahison.

Son cri n'a pas l'air forcé et la puissance physique qu'il déploie parvient à créer son effet. Léa est déstabilisée. Elle ne sait plus quoi répondre. Elle sent elle aussi la colère grimper, déteste qu'il ait osé la suivre, qu'il s'amuse à la mettre à nu ; elle oscille quelques instants entre la fureur et le déni avant que le second, par instinct, ne l'emporte.

Elle rétropédale. Ce n'est pas ce qu'il croit, balbutie-t-elle en se redressant. Elle sait ce qu'elle lui doit. Une amie, voilà tout. De la tendresse et du jeu, cela ne signifie rien. Elle a besoin d'espace pour décompresser, il n'est pas facile de servir un homme comme lui, avec de si hautes ambitions, une telle attention médiatique, ni de soutenir les rumeurs sur leur idylle, elle n'a pas toujours les épaules… Elle lui présente ses excuses. Lui demande, à l'avenir, de la laisser davantage dans l'ombre. Encore davantage.

Elle se dégoûte au même instant de s'observer ramper ainsi.

Il ne réplique pas. Il maintient sa posture. Elle sait qu'à travers ce silence il cherche à ébranler la sienne. Elle avale d'un trait son Perrier, de travers, tousse avec force, s'excuse encore. Il ne cille pas.

Elle répond qu'elle va réfléchir.

— Bien. Je vous donne jusqu'à dimanche si Bidault ne sévit pas avant. Par ailleurs, c'est un détail, mais je souhaiterais que vous échangiez de bureau avec Thibaut. Ce sera plus pratique pour moi. Et je voudrais que vous vous retiriez quelque temps de l'équipe virtuelle. C'est Thibaut qui coordonnera seul désormais. Vous vous occuperez du courrier et de mon agenda. Il va falloir que vous regagniez ma confiance.

Quel chien. Après toute l'énergie déployée. Le nombre de fois où elle s'est mordu la langue. Et tout ce que ce boulot lui coûte, de mensonges et de dissimulations. Un sacré connard. Cinq ans qu'elle travaille pour lui sans broncher, s'acharne à le rendre présentable, à le dépoussiérer – il ne mesure pas l'ampleur de la tâche, avec sa vieille dégaine de boomer –, qu'elle évite de le contredire, garde pour elle tout ce dont elle a eu vent, étouffe au plus vite les motifs de rancœur avant qu'ils ne commencent à gangréner son estomac. Cinq ans qu'elle accepte d'être cette autruche élégante et docile, tout en étant pourtant consciente qu'il est son ennemi objectif dès lors qu'elle y réfléchit bien, ou même seulement un court instant. Lui, pour se couvrir, n'hésiterait pas à la sacrifier. Un connard de première. Un connard de compétition.

Au téléphone, Gabrielle a senti sa voix chevrotante, proche de la rupture. Elle s'est préparée à y faire face : elle a commandé chez le traiteur grec du caviar d'aubergine, des dákos et des spanakópitas, est descendue acheter un éclair au café, des jeux à gratter, un paquet de langues acides. Le festin est dressé sur la table basse lorsque Léa entre dans le salon. Il n'en faut pas plus pour qu'elle fonde en larmes.

Quelle ordure. La bouche pleine de sirop de glucose acidifié, Léa fulmine encore, s'agite, injurie en boucle, dresse une liste de chefs d'inculpation longue et désordonnée, cherchant à se défaire de la rancœur coupable dans laquelle elle s'est engluée, aussi collante que le sucre sur ses dents.

Assise à côté d'elle, Gabrielle l'écoute, acquiesce, et dépose lorsqu'elle reprend son souffle un baiser sur sa joue.

— Ça va aller. Je suis sûre qu'il n'a pas le pouvoir qu'il croit, tente-t-elle d'une voix rassurante. Et toi, tu pourrais pas le faire chanter ? Je suis sûre qu'il a plein d'ennemis, c'est une cible facile, ton Bourgel.

— T'en sais rien, tu connais rien à ce monde-là, rétorque Léa sans parvenir à maîtriser son agressivité.

Gabrielle bat en retraite. Léa poursuit :

— Ça fait quarante ans qu'il traîne en politique et c'est un ex-journaliste. Il connaît tout le monde, dans tous les médias, dans tous les partis et toutes les télés. Sarko lui claque la bise. Même les patrons du CAC ont son numéro…

Elle reprend son souffle et, d'une voix à la fois plus calme et plus sombre :

— J'ai plus aucun avenir dans ce monde-là s'il veut m'écraser. Ce mec peut pulvériser en trois coups de téléphone tout ce que j'ai accompli depuis des années… Et j'aurai zéro réseau à activer.

Et puis sa mère qui ne sait rien, pense Léa. Rien de son patron, au fond, et surtout rien de Gabrielle. Sa mère qui se rêve un gendre de magazine. Bourgel a laissé entendre qu'il pourrait tout révéler. Elle n'a plus le cœur assez solide pour apprendre que sa fille préfère les femmes. Elle serait terriblement déçue, c'est inévitable, et Léa ne lui en veut pas, on ne peut pas la reseter comme ça, à son âge.

Il a réussi à refermer le piège, se dit-elle en silence. Voilà ce qui arrive lorsqu'on se laisse traquer. Elle voudrait s'enfuir en courant, disparaître quelque part, dans un autre univers. Pourquoi pas Bandle City, ses fontaines de cristal et sa lumière douce…

La main de Gabrielle remonte d'un geste lent le long de sa colonne. Elle n'a pas l'habitude qu'on tente de l'apaiser ainsi. Son corps tremble. Elle a froid. Alors, elle ne pense plus. S'allonge sur le sofa italo-américain. Elle souffle fort. Inspire. Épuisée, elle s'endort. Gabrielle sans un bruit se lève, tire un rideau et dépose sur son corps en boule une fine couverture.

Elle lui a donné rendez-vous à 10 h 30 dans un café du quartier des Halles – elle ignore où il habite, les Halles, c'est central. Elle arrive un peu en avance, comme à son habitude. La ponctualité n'est pas une qualité partagée au sein de l'équipe. Ni par Bourgel, mais cela ne l'étonne guère, ni par ses collègues de bureau, qui doivent avoir eu l'habitude de se faire attendre et en tirent probablement le sentiment de leur importance.

Baptiste non plus n'est pas à l'heure, ce qui lui vaut d'être placé dans cette seconde équipe, de ceux qui disent *Merci de m'avoir attendu* plutôt qu'*Excusez-moi de vous avoir fait attendre*, ou, le plus souvent, ne disent rien. Elle s'agace de ce manque d'égards alors qu'elle avait l'impression d'avoir l'ascendant, commande un expresso et plonge dans sa boîte pro pour ne pas rester passive, ce qui ne fait qu'accroître son irritation : un nouvel appel d'un collaborateur du groupe de la Ligue nationale à signer la proposition de loi pour durcir le droit du sol – quelle ironie, se dit-elle, qu'il la contacte, elle. Des dizaines de propositions d'interviews sur ce qu'on appelle désormais « l'affaire Bourgel ». Elle ne répond à aucune. Elle rabat son écran d'un geste sec.

En face de la terrasse, Baptiste sort enfin de terre, pivote autour de son téléphone à la recherche de la bonne direction, présume-t-elle, le nez collé à la mini-flèche bleue qui a l'air de perdre la boussole. Il finit par lever la tête et la repère. Il s'approche sans oser la regarder – les yeux à droite, à gauche, en l'air. Arrivé à sa hauteur, essoufflé, en sueur, il se laisse tomber sur une chaise et lâche son sac à dos à terre. Il est désolé de l'avoir fait attendre, ils sont restés bloqués « à cause d'un bagage abandonné ». L'excuse a le mérite d'exister.

La vérité – elle n'en saura rien – est que le premier train n'arrive qu'à 10 h 13 à la gare de Bercy, après cinq heures à sillonner le Rhône et la Bourgogne. Un TGV aurait plié l'affaire en deux heures mais pour quatre fois plus cher que le TER ; Baptiste n'a pas les moyens. Il a envisagé de venir la veille, en demandant à Christopher de l'héberger : aucune réponse. Il n'avait donc d'autre choix que ce léger retard lorsque Léa a proposé un créneau à 10 h 30, sans penser un instant qu'il ne vivait pas ici. Il n'a rien osé dire, de crainte qu'elle ne retire sa proposition.

Il commande un café au lait, verse deux dosettes de sucre, en triture une troisième entre ses doigts aux ongles rongés, le regard toujours fuyant. Elle sent qu'elle l'impressionne, savoure quelques secondes cette position avant d'essayer de le mettre à l'aise :

— Alors, dites-moi, quelles sont les nouvelles de Parthenia ?

— Bonnes. On y parle de plus en plus de vous.

— De moi ? Quel honneur.

— Pardon, de votre boss, je voulais dire.

— Ah oui ? C'est-à-dire ?

— Je ne suis pas de près mais on m'a dit qu'il y avait une petite équipe de ses soutiens assez active dans la Cité… Le Gymnasium, ça ne vous dit rien ?

— Si, si, bien sûr, prétend Léa pour garder le contrôle de la discussion. On vient d'élargir nos recrutements. Enfin je ne suis pas au courant des missions quotidiennes de chacun, évidemment, je n'ai pas le temps…

— Vous voulez dire que vous recrutez des gens pour passer du temps dans Parthenia ? Et vous les payez… ?

Les iris noisette de Baptiste fixent à présent Léa sans ciller.

— Ça dépend, on a pas mal de bénévoles. Parfois, on trouve des arrangements. Pourquoi, ça vous intéresse ?

— Ben oui, carrément !

Emporté par son enthousiasme, il se relâche. Sous la table, son genou cesse de s'agiter – enfin, pense Léa.

Elle a l'air détendue. Sûre d'elle. À quoi ça tient, il ne sait pas trop. Il a remarqué que ses ongles n'étaient pas vernis et qu'elle portait une chemise d'homme – il dit cela à cause du col rigide et droit, du tissu un peu épais et de la couleur sombre. Il lui trouve un regard étrange, ni dur ni doux, comme projeté à travers un voile qui la garderait à distance.

Lui porte le même costume que le jour du mariage, un peu cheap et trop court, sans cravate cette fois-ci, remarque-t-elle. Des derbies en cuir noir sans aucun pli d'aisance, vraisemblablement peu portées, de bonne qualité. Voilà une chose qu'elle a apprise à l'Assemblée : repérer d'un coup d'œil la qualité des matières pour identifier les groupes parlementaires. Ça pourrait paraître cliché mais l'expérience l'a prouvé, le test fonctionne trois fois sur quatre. À son poignet gauche, une gourmette en argent, aux mailles épaisses, noircie par le temps.

Elle lui trouve un air de petit garçon, une sorte de candeur puérile lorsqu'il déglutit son café sucré dans ce déguisement d'homme.

Elle pourrait lui demander pourquoi il a cherché à la revoir mais il n'assumera sans doute qu'à moitié, et la réponse ne l'intéresse pas. Elle conserve les rênes et commence à le tester : combien d'heures par jour passe-t-il en ligne ? a-t-il des opinions politiques ? a-t-il déjà participé à des campagnes de doxxing ? envisagerait-il de travailler avec elle ? Il ne sait pas, beaucoup, pas vraiment, oui, pourquoi pas ; enfin non, oui avec grand plaisir. Elle voudrait bien en savoir davantage sur le Gymnasium, mais ce serait concéder sa propre ignorance alors elle s'abstient, n'en dit pas trop, juste ce qu'il faut pour l'accrocher. Elle a besoin de gens de confiance et ce n'est pas si courant, lui a l'air droit, fiable, dit-elle, ce compliment le touche au cœur : il ne valorise rien davantage que la loyauté.

Loyauté, détermination, ascétisme, précise-t-il, comme la devise de Parthenia.

Elle lui propose de le prendre à l'essai. Elle lui donnera des missions à remplir. Rien de très compliqué mais il faudra être réactif et discret. Il demande si c'est rémunéré, bafouille que son boulot ne lui rapporte pas grand-chose en ce moment. Cinq cents euros par mois ? Il accepte. De quoi payer un loyer à son père.

Dans le train du retour, il se rejoue la scène, un peu frustré, plein d'espoir néanmoins. Il n'était pas venu pour un job. Elle n'a laissé aucun espace pour qu'il déroule son numéro de charme. Il n'est pas certain qu'il aurait su, d'ailleurs. Il s'est fait « job-zoner ». Pas banal. Peut-être pas honteux non plus.

Sur son écran trois appels en absence de Jérôme suivis d'un SMS pour lui donner rendez-vous à 18 heures au magasin où il travaille. Il a totalement oublié cet afterwork où il avait fini par promettre de l'accompagner. Son train n'arrivera pas à temps. Une bonne raison de se défiler : « Désolé mec, je me sens vraiment pas bien, je vais me coucher tôt. Passe une bonne soirée. A+ ».

Il connecte ses écouteurs, ferme les paupières et se laisse bercer par la voix de Chris Martin.

Il a déjà hâte de la revoir.

Ses deux premières missions dans Parthenia ne le surprennent pas. Il doit recenser les marques de propagande politique en faveur de Bourgel ou de ses adversaires – pancartes dans le Gymnasium, soutien explicite lors des débats sur l'Agora ou dans des conversations qu'il engage avec d'autres joueurs. Il se focalise sur les plus hauts gradés et les Immortels, en raison de leur influence. Il ne repère pas grand-chose, lui raconte toutefois cette scène, un peu ancienne, c'était avant leur rencontre, lui semble-t-il, avec Tyler et DeathAngel. Elle cherche à connaître les détails mais sa mémoire est déjà floue et Parthenia ne conserve aucun historique de conversation. Depuis, il n'a assisté à rien d'étrange, précise-t-il, ce qui est peut-être bon signe. À ceci près que les domus sont inviolables, précise-t-il. Personne ne sait ce qui se trame derrière leurs murs.

Son deuxième objectif consiste à recruter des joueurs prêts à s'engager dans une campagne en ligne. Des joueurs qui ne rouleraient pas déjà pour Bourgel. Il doit les approcher sans se faire cramer. L'exercice est casse-gueule, la plupart ont déjà entendu parler du candidat, apprécient son goût pour la provocation et ses déclarations viriles. Ce sont les autres qu'il doit viser, ceux qui ignorent ses opinions et se laisseront séduire par l'idée de raids anonymes.

Le chaudronnier du Village, qu'il tente d'approcher un matin, le rembarre sèchement : il ne se mêle pas de politique et préférerait que les manœuvres politiciennes ne pénètrent pas dans Parthenia. Bourgel ou un autre, il s'en moque. Ils roulent tous pour leur cul et courent après un poste de ministre qui leur assurera un salaire à vie. Baptiste lui dit qu'il n'est pas certain que ce soit vrai, le truc du salaire à vie, que sa sœur s'y connaît un peu et qu'elle a démenti. Ça ne change rien, répond l'autre avant de retourner dans son échoppe.

Dans l'espoir d'apercevoir Christopher, il rôde régulièrement autour de sa maison. C'est ainsi qu'il tombe un soir sur DeathAngel sortant de la demeure de son ancien ami aux côtés d'Anton42. Les deux hommes sont coiffés d'un casque ailé, ce qui suscite en Baptiste une crispation jalouse. Lorsqu'il s'avance dans leur direction pour engager la conversation, ils accélèrent en sens opposé. De dos, il lui est impossible de les interpeller. Ils disparaissent à l'intérieur d'un domus. Baptiste patiente jusqu'à leur réapparition, trente minutes plus tard, et parvient alors à les interroger :

[Tiresias] Hello. Je vous ai vus sortir de la maison de LArtiste. Vous l'avez vu ?

Les trois points clignotent dans la fenêtre de conversation, « *DeathAngel is typing* », puis plus rien. Baptiste, surpris de cette apparente hésitation, relance :

[Tiresias] La maison d'avant, où vous étiez tout à l'heure, c'est celle de LArtiste. Vous l'avez vu ? Vous savez où il est ? Je le cherche.

Il trouve très étrange qu'Anton42 et DeathAngel soient parvenus à entrer chez son ami alors qu'il s'est toujours heurté, lors de ses dernières tentatives, à une porte close. L'un d'eux doit continuer à le fréquenter. Ou alors, ils ont racheté sa propriété. Baptiste croit en tout cas qu'ils savent des choses susceptibles de l'éclairer sur cette mystérieuse volatilisation. Mais Anton42 coupe court à ses interrogations :

[Anton42] Non, désolé. Il faut arrêter de nous suivre maintenant. Tu nous laisses passer ?

Parthenia a ses failles : en se plaçant à l'exacte médiatrice entre deux avatars, il est possible de les immobiliser. Il tient cette technique de Christopher. Elle permet par exemple de neutraliser les adversaires débutants lors de combats. Ce bug – ou est-ce une ruse des développeurs ? – exige que chacun lutte seul. Cette fois-ci, le placement de Baptiste n'est pas intentionnel. Il se décale pour leur libérer le chemin.

Puis, comme chaque soir, avant de regagner le Village, il passe à la Mine pour entretenir son expérience. Cette hygiène virtuelle l'apaise à la manière du devoir accompli.

Tandis que ses doigts exécutent machinalement les parades sur le clavier, il songe à Christopher. Il ne se résout pas à croire qu'il a déserté. Juste avant le mariage, Christopher était sur le point de devenir un Immortel, assurait avoir de bons contacts et que le Duce s'apprêtait à lancer un nouveau recrutement. Ce n'était pas le moment de disparaître pour lui. Aurait-il été banni ? L'hypothèse lui semble improbable. Le bannissement de joueurs bien établis, qui possèdent comme Christopher une maison à l'intérieur de l'enceinte, fait toujours beaucoup de bruit. La chose est rare tant les joueurs expérimentés sont disciplinés ; lorsqu'elle arrive, elle doit servir d'exemple.

L'option la plus probable – la plus probable et la plus effrayante, pense-t-il – est qu'il lui soit arrivé quelque chose IRL. Il se souvient d'un documentaire sur les disparitions soudaines – ou était-ce une série ? il ne sait plus bien. Il avait remarqué que les gens fuyaient toujours à cause de leurs proches, lorsque la faute commise, le mensonge, devenaient trop lourds à pardonner sans pour autant que le fugitif puisse se résigner à les décevoir. Les types préféraient partir sans un mot pour ne rien abîmer, dans l'espoir de continuer à être aimés toujours à l'identique.

Il est incapable d'imaginer un tel scénario à propos de Christopher : il ne lui connaît aucune relation intime. Il en a probablement, pense-t-il, de la famille au moins, mais ce dernier n'en a jamais rien dit. Il se rappelle avoir douté même que son ami ait un jour eu une petite amie la fois où celui-ci avait répondu « trois heures » à propos de la durée de sa plus longue relation amoureuse. Christopher avait ri aussitôt en assurant qu'il plaisantait mais, sur le coup, Baptiste avait hésité à le croire.

Il devrait peut-être aller frapper chez lui, IRL, pour s'assurer que tout va bien, avec un sachet de bretzels pour preuve de son amitié. Il fera un détour la prochaine fois qu'il se rendra à Paris pour rencontrer Léa.

Derrière un rideau noir, à la lisière du plateau, Léa attend qu'un mec aux lunettes moches – vert pomme, quelle drôle d'idée, choix qui a néanmoins le mérite immédiat de la détendre, ce qui est loin d'être superflu – lève le pouce. À son signal, elle devra se jeter dans la fosse aux lions et se laisser dépecer sous les hourras inaudibles d'une foule vautrée de l'autre côté de l'écran. Deux millions de cerveaux en veille, les meilleurs jours, qui n'attendent que d'être divertis. Surtout, n'argumente pas, lui a-t-on dit. Souris.

La chaîne appartient à Lejeune, gage assuré de bon accueil d'après Bourgel. Ils ont tout de même obligé Léa à se coltiner deux séances de media training par un cabinet de communication politique spécialisé en gestion de crise. Elle a fait semblant d'écouter, se rappelle les avoir entendus dire qu'elle apprenait vite, qu'elle avait du talent, qu'elle attrapait bien la lumière mais qu'elle fronçait trop les sourcils et que son sourire était crispé. Elle a reçu ce matin même un dernier récapitulatif des consignes non verbales transmis par Serge – le sourire, la voix douce, le port droit –, une situation dont elle a apprécié l'ironie considérant le charisme de céphalopode du vieux conseiller. Du reste, elle n'a pas retenu grand-chose. À force de regarder Bourgel, elle pense avoir acquis une certaine expertise.

Tant que le petit binoclard ne lui fait pas signe, elle a reçu l'ordre de ne pas bouger. Mais ses jambes ne tiennent plus en place. Elle voudrait déguerpir tant la nausée lui monte au corps. Tout la dégoûte. L'épaisse couche de fond de teint sur sa peau, le corsage échancré qu'on l'a obligée à porter, cette odeur rance dont elle ne parvient pas à se débarrasser, la suffisance du présentateur et la fausse jovialité de sa cour, les éléments de langage qu'elle s'apprête à recracher avec ce sourire figé qui lui file la migraine. Elle essaie tant bien que mal de se décontracter. Elle sent alors une impulsion sur son épaule : le pouce s'est levé et les applaudissements déferlent pour son entrée en piste.

D'un pas qu'elle mime confiant elle avance jusqu'à la place désignée, au milieu de l'arc de cercle formé par la dizaine de chroniqueurs. Le présentateur rappelle les raisons de sa présence : Daniel Bourgel, candidat à l'élection présidentielle, est accusé par une de ses anciennes élèves de harcèlement sexuel, d'abus de pouvoir et de tentative de viol lorsqu'il donnait des cours à Sciences Po Grenoble. Elle n'a pas porté plainte et les faits sont prescrits mais cette émission doit permettre de faire la lumière sur ce qui s'est vraiment passé, en écoutant des témoins de premier plan, pour rétablir toute la vérité. « Vous seuls serez juges, mesdames et messieurs », assure l'animateur d'un ton solennel, face caméra.

Il se tourne vers Léa et invite les chroniqueurs à l'interroger. Ils l'assaillent d'une première salve de questions, tour à tour. Depuis quand travaille-t-elle pour lui ? À quel âge a-t-elle commencé ? De quoi est-elle responsable dans la campagne, *très concrètement* ? Est-il vrai qu'elle le suit partout ? A-t-il déjà eu des gestes déplacés ? Elle répond sans difficultés : Cinq ans. Vingt-trois. La communication – ils ont insisté pour qu'elle ne dise rien de la cybercampagne –, elle participe à beaucoup de déplacements, oui, mais non, aucun geste déplacé. Zygomatiques trop contractés, elle respire, relâche un peu, garde les mains croisées pour ne pas se triturer les doigts. Elle ajoute, bonne élève, que monsieur Bourgel a toujours été très respectueux et qu'elle ne s'est jamais sentie mal à l'aise à ses côtés. *Monsieur* Bourgel, plutôt que Daniel Bourgel, le coach a bien insisté.

La plus jeune des chroniqueuses, placée à sa gauche, restée silencieuse jusqu'à présent, amorce un deuxième round plus frontal – leur proximité spatiale et générationnelle servant habilement la mise en scène :

— Pardon madame, mais comment voulez-vous qu'on vous croie puisque vous travaillez pour lui ? Moi, ce qui m'intrigue, c'est qu'une femme de votre âge cherche à le protéger…

— Je ne cherche pas à le protéger, je viens vous répondre avec franchise, l'interrompt Léa, d'un ton qu'elle sent un peu trop sec.

— … et même, indépendamment de cette affaire, qui n'est d'ailleurs pas isolée si l'on en croit les rumeurs, c'est que vous puissiez servir un homme qui va faire reculer les droits des femmes…

L'animateur interrompt sa chroniqueuse et précise qu'il ne s'agit pas de faire de la politique mais d'éclaircir l'affaire Julia D., que Mme Ziani est là comme témoin et non pas comme porte-parole de la campagne présidentielle de son candidat, mais la journaliste insiste, en l'interrompant à son tour :

— Pardon Jérémie mais je trouve que ça a un lien, moi. Madame, vous voulez nous faire croire que Daniel Bourgel respecte les femmes, alors qu'il s'est dit opposé à l'avortement, et même, si je comprends bien, qu'il envisage de supprimer…

— Je ne vois pas le rapport, madame, reprend Léa, les sourcils désormais beaucoup trop froncés. Vous m'avez invitée pour témoigner de mon quotidien professionnel auprès de Daniel Bourgel, et je vous dis, moi, que je n'ai rien à déplorer.

Un autre chroniqueur aux cheveux cendrés relance l'assaut à son tour :

— Vous pensez donc que Julia D. ment ?

Elle s'octroie un court instant avant de répondre, saisit son mug floqué du logo de l'émission pour boire une grande gorgée d'eau mais manque de s'étouffer en avalant de travers puis, d'un geste maladroit, le fait tomber à terre. Plusieurs chroniqueurs éclatent de rire. Vexée, elle commence à sérieusement faiblir.

Le vieux beau, fier de son effet, ne la quitte pas des yeux tandis qu'au bout de l'arc de cercle une troisième enchaîne :

— Madame Ziani, pouvez-vous affirmer devant nous ce soir que Julia D. ment et que monsieur Bourgel est, d'après vous, innocent ?

— Je vous affirme que monsieur Bourgel n'a jamais eu de gestes déplacés avec moi, et que j'ai confiance dans son intégrité, reprend Léa, avec un sourire dont tous décèlent la fausseté.

— Vous ne dites pas qu'il est innocent... s'amuse son interlocutrice.

— Je ne suis pas juge, madame, vous ne l'êtes pas plus que moi, je crois... Heureusement pour nous, les procès n'ont pas lieu sur les plateaux télé.

— Quand ils n'ont pas lieu devant les tribunaux, pourquoi pas ? rétorque la chroniqueuse.

Une main sur son oreillette, l'animateur reprend la direction du spectacle. Léa s'attend à ce qu'il sonne la fin de l'épreuve mais il la relance au contraire avec enthousiasme, en même temps qu'une silhouette apparaît sur l'écran géant qui lui fait face :

— Mes chers amis, en direct avec nous, visage flouté pour préserver son anonymat, Mademoiselle Julia D. !

Puis se tournant vers elle :

— Mademoiselle, merci de venir nous livrer votre version des choses. Je rappelle qu'une enquête est en cours mais rien ne vous interdit de vous faire, vous, votre propre opinion. Pourriez-vous nous décrire précisément, s'il vous plaît, les faits que vous reprochez à Daniel Bourgel ?

D'une voix robotique que l'on devine, aux trémolos amplifiés par le modificateur, près de se briser, la femme énumère les agressions, raconte l'emprise, le chantage au diplôme, les rapports sexuels forcés dans une chambre d'hôtel, à deux pas de l'école. Les chroniqueurs demandent des précisions, des détails, le nom de l'hôtel, en laissant poindre sous chaque question leur scepticisme, oui mais tout de même, pourquoi avoir attendu si longtemps, pourquoi pile maintenant, en pleine campagne, comme par hasard, et pourquoi aurait-il choisi cet hôtel-là, fréquenté par le tout-Paris, alors qu'il était marié à l'époque. Elle tient bon. Elle réplique, coûte que coûte, contient sa colère.

Léa l'observe faire avec autant d'incrédulité que d'admiration ; elle finit par se demander s'il ne s'agit pas d'une comédienne, pour montrer un tel sang-froid. Elle remarque aussi que la jeune chroniqueuse à sa gauche, tout à l'heure missionnée pour la déstabiliser et souligner son antiféminisme, ne dit plus rien ni ne vole au secours de Julia D. Les consignes, entretemps, ont dû changer.

Elle sait, bien sûr, que l'ancienne étudiante ne ment pas. Il arrive encore à Bourgel de fréquenter cet hôtel, en pleine journée. Elle n'a jamais cherché à savoir pourquoi.

L'animateur jette à Léa des regards insistants qui suggèrent que son tour est venu de livrer bataille, en saisissant cette chance inouïe de décrédibiliser l'adversaire en direct. Mais l'assistante parlementaire, apathique, semble incapable de revenir au combat.

Les fauves lancent leur dernier assaut, le vieux beau suivi des autres : n'avez-vous pas ressenti au départ une certaine fierté d'avoir été choisie par cet homme puissant ? Peut-on vraiment se souvenir de la nature de son propre désir, après tant d'années ? D'ailleurs comment parvenez-vous à donner tant de détails, après tout ce temps ? Et pourquoi vous et pas une autre, il y a eu tant d'étudiantes… ?

Cette fois, Julia craque. Jubilation sur le plateau. Ses reniflements saccadés dans le vocoder sonnent la fin du match.

Pouces levés ? Pouces baissés ? Les résultats du sondage s'affichent maintenant à l'écran, sur un diagramme aux couleurs vives :

— Merci mademoiselle pour ce témoignage courageux. Malheureusement, le public ne vous croit qu'à 37 %. 63 % de nos téléspectateurs continuent de soutenir Daniel Bourgel, ici représenté par Léa Ziani, son assistante parlementaire, que je remercie à nouveau. Bon courage pour la suite de la campagne !

Léa salue d'un bref signe de tête, saute de son tabouret et s'éclipse à grands pas hors du champ des caméras.

Dans sa loge, personne ne l'attend. En meeting à Strasbourg, Bourgel n'a même pas cherché à la joindre avant son passage. Elle s'allonge sur la banquette, pliée en deux par des crampes d'estomac. Elle pense à cette fille qu'on traite de menteuse à sa place, revit son lynchage phrase après phrase, pour la gloire de Bourgel, et ressasse son propre silence, honteux, tellement coupable. Elle se précipite pour vomir dans le lavabo.

Elle reste là, debout face au large miroir, et trouve son visage étrange. Les larmes ont creusé sur ses joues poussiéreuses des sillons de suie noire. Non, pas étrange : hideux. Elle se trouve laide. Elle plaque alors sur sa bouche un coussin souillé de taches sombres – du vin, espère-t-elle – et hurle aussi fort qu'elle peut. Elle voudrait pouvoir s'ouvrir la poitrine pour arracher enfin son cœur rouillé de cyborg.

Elle pense à Gabrielle. Voudrait l'entendre. Elle rallume son portable. Aussitôt, les notifications déferlent. Une rafale de milliers de tweets où son nom est tagué, les trois quarts évoquant son cul. Son intervention a mis en rut la manosphère, qui ne se gêne pas pour le lui faire savoir. « Si Bourgel te touche pas, je vais m'occuper de toi… » « La vérité sort de la bouche des suceuses, moi je te crois » « Bourgel est pédé ou quoi ? » Le fait qu'elle se soit exposée pour défendre leur favori ne change rien à leurs habitudes.

Les chiens, à l'image de leur maître… Bourgel n'a pas dû craindre un seul instant qu'elle puisse le trahir. Il l'aurait appelée sinon. Il ne l'a pas envisagé, et cette assurance-là lui paraît insensée.

Elle est certaine maintenant qu'il était au courant, pour Julia D, qu'il savait qu'elle apparaîtrait en direct sur le plateau. Il ne l'a pas prévenue pour ne pas la faire fuir. Ou pour jouir, lui aussi, d'un meilleur spectacle ?

S'il n'imagine aucune échappatoire pour elle, c'est sans doute qu'elle n'existe pas. Elle a déjà les mains trop sales, elle est trop lâche pour être dangereuse, tétanisée à l'idée de tout perdre puisqu'elle le pense indispensable à sa propre ascension. Il a raison. Elle n'aurait jamais mis les pieds sur ce plateau sinon.

Le pire, pense-t-elle, c'est qu'en le couvrant si mal, avec tant de ridicule, si peu de conviction, elle a choisi le plus méprisable des suicides.

Cette fois, elle ne sait plus dire ni d'où viendront les coups, ni comment se défendre.

Elle se laisse glisser au sol. Et là, sans prévenir, le barrage cède : des torrents se déversent de ses yeux, plus aucune digue ni contrefort, une eau salée qui stagnait depuis longtemps dans ses souterrains. Elle laisse couler, couler, couler, couler, couler, et regarde défiler les images qui surnagent, le visage désespéré de sa mère, une main courant devant elle, celle de Bourgel sur ses cuisses, qui cherche plus loin, le visage pixelisé de Julia D., les façades brunes de Parthenia, puis Gabrielle à côté d'elle, dont elle entend maintenant la voix comme une intonation lointaine : « Et pourquoi tu ne te vengerais pas ? C'est une cible facile, ton Bourgel. »

ACTE 4

τιμωρία

Avant de partir, Baptiste a repassé son jean ; à son arrivée, il s'est aspergé de Terre d'Hermès dans une parfumerie du quartier, suivant les conseils d'un topic du forum sur les parfums pour homme. Pour la virilité, le top, ce sont les odeurs boisées et entre Wood by Maïssa, L'Homme de Prada et Terre d'Hermès l'OP recommandait le dernier. Les narines gonflées de son odeur mâle, il réalise qu'il ne se débrouille pas si mal sans Christopher. Il progresse même, bien mieux préparé que pour sa précédente rencontre avec *elle*. *Elle* l'attend à 21 heures.

Son arrivée tardive à Paris ne lui laisse pas le temps suffisant pour un détour chez Christopher – demain, peut-être, il verra. Il a prévenu sa guilde qu'il ne pourrait pas participer au raid du soir et s'est désisté auprès d'Anton42, qui lui proposait une opération dans Parthenia. Il ne sait pas encore où il dormira. Il pourra toujours errer dans Paris en attendant le premier train. La nuit, le monde lui fait moins peur. La foule passé minuit titube autant que lui et cette fraternité d'ivrognes lui fait du bien. Dans l'idéal, il squattera chez Léa.

Léa sait qu'elle marche sur un fil : elle le reçoit chez elle alors il imagine, c'est sûr qu'il imagine. Elle a pensé que ça le mettrait en confiance mais elle doit veiller à contrebalancer. Ni lumière tamisée ni jazz, une playlist de reggae qui ne laissera rien croire, voilà, une musique agréable et sans danger, pas trop d'alcool, un jean droit, un T-shirt large. Les cheveux un peu sales, éventuellement.

Il sonne à 20 h 53, une bouteille de champagne à la main, s'excuse pour sa légère avance – pour rattraper la première fois, dit-il, embarrassé –, il est heureux de la revoir, de la revoir en vrai, ajoute-t-il, avec une articulation hachée. D'un geste elle l'invite à entrer. Il s'assied dans le canapé, tout au bord, le dos droit pour faire bonne impression, tendu comme un sceptre antique, sa bouteille toujours à la main. Elle reste debout, l'air sérieux, l'œil plongé dans son téléphone, puis relève la tête en souriant :

— Tu savais, toi, que les gens pariaient sur l'âge de la mort de Madonna ? Moi, j'ai dit cent deux ans.

— On peut la mettre au congélo, répond Baptiste.

— Qui ça ? Madonna ?

— Non pardon, le champagne. Si on veut le boire frais. Il n'y avait plus que celle-là chez l'épicier en bas de chez toi…

Léa saisit la bouteille et se dirige vers le frigo. Baptiste reprend, en poussant un peu la voix pour qu'elle l'entende :

— Madonna, je sais pas. Mais je dirais plutôt comme toi, plus de cent ans.

— Non mais je disais ça pour rire.

— Ah oui ? C'est possible pourtant. Je serais pas surpris qu'elle carbure à l'adrénochrome...

— L'adré quoi ? demande Léa en revenant dans le salon.

— Adrénochrome. Une sorte de drogue chelou pour rester jeune.

— En quoi elle est chelou, cette drogue ?

— Elle se fabrique à partir de sang d'enfants.

— T'es sérieux ? Tu crois à ces trucs, toi ?

— Ben c'est pas une croyance, j'ai lu pas mal d'articles là-dessus. Y a pas longtemps, on a retrouvé des milliers de cadavres d'enfants dans un tunnel qui reliait le port de New York à la Fondation Clinton. T'en as jamais entendu parler ? Ils les torturent, les violent et tout, et ils récupèrent leur sang.

Léa ne répond rien. Il s'aperçoit que son histoire n'est pas la plus efficace pour chauffer l'ambiance.

Elle ne voudrait pas le braquer. Pas maintenant. Il n'a pas l'air de plaisanter. Elle se rappelle avoir entendu quelque part cette théorie complotiste, sans avoir imaginé que quiconque dans son entourage pourrait y adhérer. Elle révise dans l'instant d'après son jugement : c'est sans doute normal, après tout, de finir par avaler ce genre de conneries lorsqu'on passe sa vie en ligne. À force d'en lire, le cerveau s'acclimate. L'histoire de la grenouille dans l'eau chaude. Ça ne lui est pas totalement inconnu. Elle aussi a pu délirer après trop d'heures de jeu et un nombre excessif de gin-tonic, comme cette fois où elle s'était mis en tête de chercher la fontaine de Bandle City partout dans Paris. Sa sex-friend de l'époque avait flippé en la retrouvant torse nu en train de câliner la fontaine Wallace de la rue des Mûriers.

— Et qui sont ces gens qui se shootent au sang d'enfants ?

— C'est hyper utilisé dans la finance. C'est beaucoup plus puissant que les autres drogues. Toutes les stars en prennent. Je suis sûr que Madonna en prend. Et les politiques, genre aux États-Unis surtout. Mais en France aussi, j'imagine.

— Peut-être que Bourgel en prend, alors…

— Ben ouais, peut-être. Tous des camés, ces mecs-là. Enfin, j'veux pas te vexer hein… Moi ça fait longtemps que je vote plus de toute façon.

Sans perdre son objectif de vue, Léa lui tend une bière et reprend le contrôle de la discussion :

— Très franchement, je n'y crois pas du tout. Bourgel est un sale type, sans aucun doute, et c'est d'ailleurs pour ça que je t'ai fait venir. Mais on n'a pas besoin de ces histoires de vampire pour les détester tous…

Baptiste est surpris par cette soudaine attaque contre le patron. Alors, elle lui raconte. Bourgel depuis longtemps lui fait la cour. Elle n'est pas intéressée ; d'ailleurs, elle ne couche pas avec des hommes. Comme Baptiste semble hésiter sur le sens du sous-entendu, elle précise qu'elle préfère les femmes – « préférer » est un euphémisme commode auquel elle s'est habituée. La déception du jeune homme face à cette déclaration se transforme vite en soulagement : aucun échec à redouter si elle-même se déclare hors de portée. Une amertume, tout de même, qu'il coule dans quelques gorgées de Stella.

Il l'écoute poursuivre son récit sans la quitter des yeux, quoique ses allers-retours entre la table basse et le canapé gris lui donnent un léger tournis. Elle évoque la jalousie répétée et de moins en moins contrôlée du politicien, ses invitations pressantes, le changement de bureau – qui pourrait sembler anodin mais dont Baptiste perçoit les enjeux lorsqu'elle dit « mon territoire », en se demandant alors s'il ne devrait pas parler de son père, à son tour, et de l'appartement –, puis la filature, la menace et son passage chaotique à la télé. Baptiste laisse échapper un ouaouh d'admiration au nom de l'émission, se reprend quand qu'il perçoit l'incongruité de sa réaction. Elle lui parle ensuite des flots d'insultes, montre les captures d'écran des plus violentes d'entre elles.

Il remarque lorsqu'elle se penche sa gorge rougie par l'émotion, les veines gonflées au-dessus de ses tempes et les palpitations de colère qui affleurent sous sa peau, plus que dans sa voix, qu'elle s'efforce de garder calme et grave.

Il se dit désolé pour elle mais avoue ne pas être surpris. Il n'a pas tout compris de son récit, pense cependant pouvoir la rejoindre sur la conclusion : elle ne doit plus se laisser faire. Il sent que son tour est venu, enchérit par un « Quel salaud » pour la soutenir. « Ces mecs-là sont pires que des chiens », ajoute-t-il en insistant sur le phonème « ch » pour paraître davantage au diapason de sa colère. Il demande, enfin, s'il peut l'aider.

Léa s'immobilise, inspire profondément, expire en le regardant : « Oui. Sans doute. C'est pour ça que tu es là. »

Elle s'assied à ses côtés sur le canapé. Il n'ose plus ajouter un mot, de peur d'être maladroit. À cette courte distance, il entend son souffle. Il trouve le moment presque doux, hésite à tendre une main vers son épaule mais redoute de précipiter ainsi ses pleurs, esquisse un léger mouvement inverse quand, au même instant, elle bondit pour aller chercher la bouteille laissée dans le réfrigérateur.

Elle rapporte un saladier qu'elle dépose sur la table basse, « Tiens, si tu as faim, j'ai mis pas mal d'oignon, j'espère que tu aimes ça ». Elle s'installe face à lui, de l'autre côté, en tailleur par terre. Elle se frotte énergiquement les paupières, secoue la tête comme pour se réveiller, puis pose sur lui un regard qu'il trouve un peu triste.

— Et alors, comment je peux t'aider ?

— Franchement, pour l'instant, je sais pas. La priorité, c'est de repérer nos alliés. Et de continuer à garder un œil ouvert dans tout le jeu, comme tu le fais déjà. Je suis sûre que Thibaut et ses clones préparent un truc… T'as rien remarqué, t'es certain ?

— Qu'est-ce qui te fait penser ça ? demande Baptiste, qui repense soudain aux rondes de DeathAngel près de la maison de Christopher et à sa soudaine promiscuité avec Anton42, dont il n'a rien dit à Léa.

— Le fait que Bourgel me tienne de plus en plus à distance de la campagne virtuelle. Et puis t'es pas le seul à te confier au chaudronnier…

Baptiste s'étouffe avec la gorgée de bière qu'il vient d'avaler.

— Comment ça ?! Tu le connais ??

— Pas mal oui…

Léa sourit si franchement qu'il finit par comprendre.

— Alors ça meuf, j'en reviens pas…. Et tu fais comment pour le laisser online si longtemps ? J'ai toujours pensé que ce mec-là vivait reclus dans une grotte.

— Tout s'achète, contrairement à ce qui se prétend dans Parthenia… Ce n'est pas compliqué d'éviter une mise en veille. Alors, tu m'aides ?

Il hoche la tête, encore abasourdi par la révélation.

— Parfait. Et tu voudrais quoi, en échange ? Excepté mon cul…

Il retrouve enfin ses esprits et rattrape le fil de la négociation :

— Pour ce soir, un endroit où dormir. Enfin, non, pour quelques jours, c'est un peu compliqué avec mon père, bref, on s'en fout…

— OK. T'as qu'à t'installer sur mon canapé. De toute façon, il faudra qu'on aille vite. Et tu restes ici dans la journée, ça m'évitera des visites… Je deviens peut-être parano, mais je ne serais pas étonnée qu'on tente de s'introduire chez moi.

Allongé face à DeathAngel, chacun sur une banquette du *triclinium*, Anton42 le complimente à propos de sa réputation dans Parthenia. Il assure l'avoir remarqué dès leur première rencontre, au Gymnasium. Il fallait oser prendre la parole devant tous, encore plus après le speech de Tyler.

> [Anton42] Et ton histoire, là, ton truc avec la fille et son mec, ça m'a touché. Tu l'as bien raconté.
> [DeathAngel] Merci.
> [Anton42] Tu me fais un peu penser à ER d'ailleurs. Moi aussi je me reconnais dans *My Twisted World*. Mais moi je crois qu'on peut tous devenir ce genre de héros.

L'Aviateur n'en est pas à son premier recrutement. Il sait qu'il faut être patient, passer du temps à écouter, faire preuve d'empathie pour asseoir la confiance. De temps à autre, glisser de courts sous-entendus à d'illustres martyrs, multiplier les allusions aux références communes. Pour DeathAngel, l'idole était ordinaire et facile à utiliser, Elliot Rodger en fascinant plus d'un.

Cela avait été d'autant plus simple que DeathAngel lui-même avait fait le premier pas. Il avait entendu parler des Aviateurs, il avait envie de servir. Puis il y a eu cette séance au Gymnasium lors de laquelle le joueur a semblé particulièrement fragile, avec un tel désir d'être entendu qu'il lui a semblé facile à convaincre, en contrepartie d'une promesse de reconnaissance. Quand Bourgel lui a demandé de cibler un homme de main pour un quick-and-dirty, il a naturellement pensé à lui.

Jusqu'à présent, Anton42 n'a pas dévoilé grand-chose du plan à sa recrue. On lui a donné la consigne de parler le plus tard possible du faux attentat pour limiter les risques de fuite. Il s'est donc contenté de lui dire qu'il était proche de Bourgel et que l'homme politique lui-même lui avait confié la mission de trouver un gars de confiance « pour une tâche de grande importance ». Rien de vraiment dangereux mais du spectaculaire. Une action décisive qui devrait permettre d'envoyer leur favori au deuxième tour. Pas tout à fait légale, non, mais on le rémunérerait grassement. On lui trouverait plus tard une place bien au chaud, quelque chose à la hauteur de ce qu'il mérite. Et tous les Parthéniens seraient mis au courant du rôle capital qu'il aurait joué.

Depuis le départ, la colère de DeathAngel le surprend tant elle surpasse la sienne. Il en veut à la terre entière, mêle les diatribes anticapitalistes, antizadistes, antianarchistes, antisionistes, vomit sa haine des étrangers, des politiques, des profiteurs, des grands patrons, et davantage encore sa haine des femmes : tous des pourris, tous des violeurs et toutes des putes. Il comprend aussi au fil des conversations que le gars est très seul. Des heures durant, Anton42 se contente d'acquiescer en guettant les occasions de le renvoyer vers des vidéos de Bourgel, pour entretenir la flamme.

Tous les jours, Thibaut rend compte de ses entrevues à un expert en techniques de manipulation, rémunéré par le Duce. Pour l'instant, le docteur en neurosciences ne semble pas craindre la rage de leur futur complice. Il y voit même un facteur clé de disponibilité de leur cible, un solide point d'ancrage pour leur entreprise d'endoctrinement. Il encourage toutefois Thibaut à lui transmettre des tutos d'entraînement sportif et de relaxation, pour le préparer à maîtriser son stress en situation – des méthodes de respiration et du renforcement mindset, essentiellement.

Tous leurs échanges sont détruits au bout d'une heure.

Quand Léa s'absente, Baptiste lui taxe des clopes. Ce n'est pas du vol puisqu'elle l'y autorise mais il se sent moins redevable si elle ne le voit pas. Du frigo à la salle de bains, il a « emprunté » pas mal d'autres trucs. Elle a l'air de s'en foutre.

Il ne croit pas qu'elle ait beaucoup d'argent : la cage d'escalier, dont les peintures pourrissent, sent l'humidité, la pisse et la friture, et son deux-pièces au sixième sans ascenseur n'a pas dû être rénové depuis le coup de boule de Zidane à Materazzi. Il en déduit qu'elle doit avoir l'habitude qu'on squatte chez elle. Elle n'est pas sur la paille non plus, elle gagne suffisamment pour acheter du bio. Des yaourts, du raisin blanc, et du granola surtout. Il lui semble qu'elle ne cuisine pas.

Il se sent bien, ici ; voudrait rester un peu, encore, d'autant que les histoires de son père se compliquent. La gamine n'a pas l'air de vouloir quitter l'appartement, le vieux prolonge donc la réquisition du studio. Pour se ménager un plan B, Baptiste veille à donner des nouvelles à Jérôme. Il lui a envoyé en guise de carte postale des selfies avec Montmartre en arrière-plan. Il prétend passer quelques jours chez une meuf rencontrée en ligne. Mieux vaut éviter les questions.

Le deuxième jour après son installation chez Léa, il est allé sonner chez Christopher. Sans hâte puisque ce dernier l'ignore depuis des semaines. Par acquit de conscience, plutôt. Il s'en voudrait d'apprendre qu'il lui est arrivé un truc. Il a cru d'abord entendre du bruit, comme des craquements de parquet à proximité de la porte, puis plus rien. Il lui a signalé par SMS qu'il se trouvait à Paris, au cas où. Aucune réponse. Il s'est résolu à lâcher l'affaire.

Il la trouve un peu folle de le laisser seul chez elle. Il pourrait tout fouiller. Il a commencé, un peu, le premier soir, mais s'est arrêté aux sex-toys dans les tiroirs de sa commode. Il n'a pas bien compris à quoi servaient certains – comme cette sorte de boule en plastique avec un trou au milieu. Ça l'a tout de même excité.

Folle, surtout, de s'appuyer sur lui pour sa vengeance. S'il la balançait à Bourgel ? Il ne voit pas trop ce qu'il en tirerait. Et si la milice de Bourgel se vengeait ? Bim, une balle dans la tête en sortant de l'Assemblée. Un accident dans une ruelle. Il soupçonne de sérieux psychopathes parmi eux, s'il en juge d'après ses rencontres dans Parthenia. Ce DeathAngel, par exemple, a l'air totalement flingué. Il n'y a qu'à voir son pseudo. DeathAngel. Aussi ringard que flippant, sauf à ce que le type soit fan de metal, et encore, ça n'excuserait rien.

Il se demande à quoi le mec ressemble, en vrai. À cause du blaze probablement, il l'imagine avec des cheveux longs, une barbe de trappeur canadien, une image de tête de mort quelque part, floquée sur son t-shirt ou tatouée sur son avant-bras. Il aimerait bien vérifier, par curiosité ; il sait qu'on est souvent surpris en découvrant l'homme derrière l'avatar.

Et puis, en y réfléchissant, il aurait sûrement fait comme Léa : il aurait fait confiance. Une question d'intuition. Il ne sait pas trop dire à quoi ça tient. Et ce n'est pas courant pour lui, il s'est toujours méfié des filles, S. comprise. S'il est honnête avec lui-même sa confiance est aussi dictée par les circonstances : son père le chasse, Léa lui offre un toit.

Ils prennent rapidement des habitudes. Le matin, elle lui laisse sur le gaz une cafetière italienne qu'il n'a plus qu'à faire chauffer, geste que certains trouveraient maternel, en vérité guidé par la politesse la plus élémentaire, répondrait-elle. Baptiste apprécie l'attention quoique le café soit trop noir à son goût. À la pause déjeuner, elle envoie un SMS pour vérifier qu'il est connecté.

Cette forme de familiarité dénuée de rivalité et dispensée de séduction réconforte Baptiste. Il n'a jamais connu ça avant Léa. Christopher lui reprocherait sans doute de s'être laissé couper les couilles pour gagner le droit de crécher sur le canapé, mais puisqu'il n'est plus là… C'est vrai, on pourrait croire qu'il fait sa pute. Il a dit oui sans réfléchir. Ce n'est pas comme s'il avait le choix, pour une fois qu'il trouve un taf qui lui plaît et qu'il est nourri, logé, sans rien devoir à son père…

Le soir, Baptiste attend Léa avec des bières et des Monster Munch qu'il est sorti acheter lui-même – maigre mais néanmoins croustillante participation aux dépenses communes. Léa pourrait en dévorer jusqu'à s'en rendre malade. Elle enfile un jogging, s'installe près de la fenêtre, allume une cigarette ; il lui livre alors la liste des nouveaux groupes qu'il est parvenu à infiltrer.

À mesure que la menace d'un Bourgel au second tour gagne en crédit, les communautés antiracistes, antifas et féministes consacrées au sabotage de ses actions médiatiques se multiplient. Il les cible en priorité, comme d'évidentes chambres d'écho. Parthenia en revanche cesse d'être un terrain de chasse – trop quadrillé par les JSS, truffé de joueurs peu fiables.

Au fil des jours, ils décident d'affûter leurs stratégies d'infiltration, en s'éloignant de leurs alliés les plus évidents pour approcher des groupes influents sans engagement politique apparent – la communauté Daft Punk, Wanted Community Paris et les JDD, pour Joggeurs du dimanche. Dans ces sphères, le taux d'engagement moyen sera plus faible mais un effet d'emballement peut rapporter gros. Baptiste repère d'abord les leaders à leur nombre de followers, les hashtags qui fonctionnent, puis use de ses talents de caméléon pour créer de faux comptes crédibles. Il consulte Léa pour les nommer.

La clé, c'est la constance. Poster, liker, reposter, d'un compte à l'autre, pour qu'aucun ne semble trop longtemps assoupi. Il redouble d'efforts le soir, entre 22 heures et minuit, quand chacun cherche un dernier shot de dopamine avant de déconnecter.

Sa toile se tisse. Ses bots commencent à engranger de bonnes stats en se spécialisant dans les trolls bon enfant. Il réactive avec un certain succès la thèse des liens secrets entre Daft Punk et la Nasa. « L'album *Discovery*, qui inclut le titre *Voyager*, est signé chez Columbia. Soit les trois navettes les plus connues de la Nasa. Et, sous le logo de la Nasa, que lit-on ? "Daft Punk", écrit en braille. Un hasard ? Fais tes propres recherches. »

Pas besoin d'aller chercher loin, il suffit d'en faire des tonnes. Ses comptes, polémiques et distrayants, gagnent en visibilité. Il craint que la supercherie soit facilement détectable mais c'est oublier combien l'internaute a le clic facile. Et puis les bots, c'est près d'un compte sur quatre, assure Léa.

Reste à trouver le bon moment pour relever leurs filets.

À l'Assemblée, Léa n'a pas de mal à faire comme si rien n'avait changé puisque plus personne ne lui prête attention. Bourgel a jugé son interview catastrophique, furieux qu'elle ait tergiversé sur la question de son innocence. Il aurait voulu la virer mais Serge l'en a dissuadé : l'opinion le trouverait lâche de limoger celle qu'il a envoyée en première ligne. Il s'est résolu à la conserver dans l'équipe jusqu'à l'élection mais ne lui adresse la parole qu'en dernier recours et la tient à l'écart de la communication. Les réunions du lundi, auxquelles elle participe encore, sont devenues expéditives ; leur succèdent les « points com et strat » – à ceux-ci, elle n'est pas conviée. Elle a récupéré l'organisation logistique des meetings, à l'exception du grand rassemblement pour la clôture de la campagne du premier tour qui a été confié à Thibaut. Lui non plus ne lui propose plus de déjeuners, non par esquive, assure-t-il, il n'a pas le temps, c'est tout. Quand il n'est pas enfermé dans le studio qu'ils ont loué pour l'équipe de campagne virtuelle, dont elle-même n'a pas les clés, il court en permanence, un téléphone vissé à l'oreille, un autre cloué à la main. Et cette danse de couloirs, qu'elle trouvait insolite et intrigante, qui devait l'aider à devenir quelqu'un, à se faire une place, cette chorégraphie surannée de sa revanche sociale lui paraît soudainement grotesque.

À rebours de leurs attentes, Léa redouble d'amabilité. Elle réapprovisionne son patron en After Eight et en café indonésien, propose à Thibaut son aide pour filtrer les journalistes, accompagne même Serge, une fin de matinée, prendre un demi à la buvette, en le prenant tellement de court qu'il ne trouve aucune excuse pour refuser. « Si tu veux, mais j'ai peu de temps. » Il ne quitte pas sa mousse des yeux, marmonne quelques banalités – elle se dit que même à l'article de la mort cet homme serait capable de faire la conversation, une question d'éducation – et trouve vite un prétexte pour s'échapper. C'est Bourgel lui-même qui le rappelle à l'écurie.

Elle s'amuse en cachette de leurs regards surpris. Sa jovialité lui paraît la plus fine des démonstrations de force : qu'importe les mises au ban, elle seule décide quand elle s'en ira. Et s'ils savaient comment... Encore faudrait-il qu'elle le sache ?

Sa mise au placard a ceci d'utile qu'elle lui offre le luxe de réfléchir des heures durant au coup de théâtre final. Elle trouve grisant d'élaborer son attaque depuis la terre ennemie. Elle songe à ressortir de vieilles vidéos de Bourgel exhumées par Serge et à compiler les plus trash, celles qu'eux-mêmes n'ont pas osé mettre en avant dans la campagne, pour que Baptiste les fasse tourner parmi les troupes alliées. Elle commence à en exporter sur son ordinateur personnel et les visionne à nouveau sitôt seule. Elle se ravise rapidement : ce genre de bad buzz ne fera qu'accroître la visibilité de Bourgel tandis qu'il assurera avoir changé. Il pourrait même faire croire à des deepfakes. Quelles que soient les preuves, ses soutiens relaieront. En outre, l'effet sur son image serait très limité, tout le monde connaît ses opinions, ça ne l'empêche pas de flirter avec les 20 % d'intentions de vote.

Non, c'est sur la scène que tout se joue. Elle doit l'humilier en direct, comme il l'a humiliée sur ce plateau télé. Le rendre ridicule devant son public. Le foutre à poil en plein spectacle.

Et c'est contre toute attente Thibaut qui lui apporte l'idée, en hurlant dans son téléphone :

— Putain, l'écolo nous talonne ! Quelle sangsue, celle-là ! Deux points c'est rien, il faut creuser. C'est au prochain meeting que tout va se jouer. Il faut qu'on soit plus nombreux qu'eux. *Panem et circenses*. Je veux toutes les télés !

Il faut qu'on soit plus nombreux qu'eux, répète Léa.

Elle le tient enfin.

Dans Parthenia, rien ne va plus. On accuse les Collectionneurs. Le jury de la dernière commission d'agrément, chargée d'évaluer l'anneau magique réalisé par un prestigieux item designer a été corrompu. Il se dit que le prix a été fixé à un montant anormalement faible pour un bijou dont les pouvoirs sont réputés exceptionnels. Or le talentueux joaillier en question critique ouvertement depuis des semaines la campagne de Bourgel. On le sait également proche d'un Immortel qui réunit chaque soir, dans le secret des murs de sa demeure, une dizaine de joueurs étiquetés « activistes », c'est-à-dire libertaires. Chacun reste libre de ses conclusions, mais… Ils ont réussi à importer dans les *skins* du jeu les masques de Guy Fawkes. On y voit un hommage direct aux Anonymous. La référence est habile pour s'attirer la sympathie d'une large partie des Parthéniens.

Peu à peu, deux camps se forment.

Les Fidèles, majoritaires et silencieux, respectent les appels au calme lancés par la quasi-totalité des Immortels et poursuivent selon les règles, en accumulant patiemment l'or et les points d'expérience, jusqu'au prochain niveau, soucieux de capitaliser sur les milliers d'heures déjà investies dans la Cité. Ils auraient préféré toutefois que les soupçons d'engagement politique ne concernent que les Aviateurs.

Les Affranchis, minoritaires mais remarqués, clament leur refus d'être « manipulés ». Par qui ? Diverses thèses circulent :

— le Duce en personne ferait la campagne de Bourgel ;

— des services secrets étrangers – russes ou chinois, il y a débat –, eux-mêmes favorables à la victoire du candidat d'extrême droite, pour maintes raisons non explicitées, auraient infiltré la Cité ;

— une multinationale américaine éditrice de jeux vidéo, séduite par l'esthétique de cet univers, chercherait à y semer le désordre pour en faire baisser le prix, avant un éventuel rachat.

Un matin, un tag « TRAÎTRE » apparaît en pixels rouges sur le socle de la statue du Duce. L'incident est immédiatement attribué aux Affranchis. Certains sont retenus plusieurs heures par un escadron d'Aviateurs à l'intérieur du Gymnasium. En riposte, ils parviennent à s'accorder sur deux objectifs : enfreindre chacune des règles du Décalogue ; révéler l'identité du Duce.

Le lendemain, une poignée d'entre eux envahit l'Agora dans de longues robes roses, peau teintée, longue chevelure recouverte d'un casque ailé décoré à la manière d'un diadème. Au-dessus de leur tête, dans la même police que le tag « TRAÎTRE », en lettres capitales : « ADIOS DUCE ». Une milice d'Aviateurs parvient à nouveau à les évacuer.

Clic, clac, tip, tap, tap, clic, top. Enfin non, pas tout à fait. Elle maîtrise mal la retranscription en onomatopée.

Allongée sur le canapé, Léa écoute avec attention le son des touches lorsque Baptiste tape sur le clavier, essaie de les identifier. Pour Entrée et Espace, elle ne se trompe presque jamais. Ensuite, il lui semble que les touches placées vers l'extérieur produisent un son plus léger, sans doute parce qu'elles sont frappées avec l'annulaire. Le T, le G, le F font un bruit sourd. Une tonalité d'index. Les lettres situées dans l'aire du majeur résonnent fort, elles aussi. Tout ça dépend de la vitesse de frappe, bien sûr, elle-même variable selon l'humeur de Baptiste, son degré d'éveil, et de la place de la lettre dans la phrase : la dernière touche sonne différemment. Souvent, il s'agit de la barre centrale, alors percutée par le pouce. Intensité maximale. Elle lui fait part de sa théorie.

— Tu imagines un peu, la menace potentielle ? Pense à une IA capable de décrypter les mots de passe aux seuls sons du clavier par exemple. Ce serait dingue, non ? C'est drôle, j'y pense que maintenant. Quand c'est moi qui tape, je fais pas gaffe…

— Tu t'ennuies, non ? Parce que si c'est le cas j'ai du boulot pour toi. Cela dit, je suis sûre qu'il y a des claviers silencieux. Si des types sont capables de réduire les décibels de moteurs d'avion…

— Plus silencieux que ce clavier que tu m'as refilé, ouais, j'ai pas trop de doutes… Faut aimer le vintage quand on bosse à l'Assemblée.

— Eh oh, tu veux que je te rappelle combien je te facture pour ça, le couchage et compagnie ? D'ailleurs, pour le troisième écran, j'attends toujours mon merci…

— Merci. Non mais je suis sérieux, tu veux pas me relayer un peu ? J'ai les yeux explosés, j'aurais besoin d'une pause mais c'est à cette heure-ci qu'on a les meilleurs relais…

— Et je dois faire quoi ?

— Relayer un peu n'importe quoi à partir de nos comptes dans les communautés satellites. Ça s'agite pas mal chez les JDD, là, par exemple, t'as qu'à bosser de ce côté. Tente un troll sur le marathon de Paris ? Il faut booster encore notre visibilité. Je te rappelle qu'on n'a plus que trois jours avant le lancement des hostilités…

Elle s'installe à sa place encore chaude, dans le fauteuil de bureau qu'elle a aussi volé à l'Assemblée – un sauvetage, pense-t-elle, si l'on songe à la surcharge pondérale de son propriétaire initial –, devant la façade d'écrans. Au centre, le compte sur lequel elle travaille. À gauche, la page Wikipédia du marathon de Paris, pour chercher de l'inspiration. À droite, des statistiques des dernières activités, du dernier jour, de la dernière semaine, du dernier mois.

Un mois, déjà ? C'est la première fois qu'elle accepte une si longue cohabitation. Certes, en découchant presque tous les soirs chez Gabrielle, mais tout de même. Même avec sa mère, elle ne tient pas plus de quarante-huit heures ; elle réalise aussitôt que l'exemple est mal choisi... Il faut dire que le garçon est discret. Il a beau vivre presque H24 en plein milieu du salon, il ne la dérange pas. Il s'adapte. Il a dû apprendre, lui aussi, à ne pas occuper trop d'espace. Elle sait qu'il fouille un peu quand elle n'est pas là – le premier jour au moins, puisqu'il avait mal refermé le tiroir de sa vieille commode – mais pour autant, elle ne le trouve pas intrusif.

Bon, voyons, le record féminin ? Deux heures, dix-neuf minutes et quarante-huit secondes pour 42,195 kilomètres, balèze. La dernière victoire d'une Française ? 1986. 1986, c'est aussi l'année de Tchernobyl. Elle s'efforce de tirer les fils, s'il y a matière à creuser, là, avec la polémique du nuage radioactif qui se serait arrêté à la frontière, facile à raviver, et en faire découler une perte de performance des athlètes hexagonales... pas de bol, victoire d'une Russe dans les années suivantes, qui avait assurément ingurgité, elle aussi, un bon shot d'iode et de strontium. Ça lui fera au moins des points au *Trivial Pursuit*, à supposer qu'elle devienne un jour ce genre de fille-là. Mais pas le début d'une inspiration pour son troll du soir.

Elle sèche. Par contraste, le talent de Baptiste pour cet exercice lui apparaît flagrant. Elle doit reconnaître qu'il la surprend en se révélant encore plus sérieux et créatif qu'espéré. Chacun son truc.

Elle trouve le fauteuil confortable. Et repense à Baptiste. Ne l'a-t-elle pas un peu sauvé, lui aussi, et soustrait à cette masse ordinaire et imbécile qui menaçait de l'étouffer ?

Avec elle, il apprend des trucs. Il prend confiance. Elle est certaine qu'il trouvera une idée à développer ensuite, quand ils auront terminé. L'IA qui écoute les claviers, par exemple. Franchement, c'est une piste à creuser.

Thibaut a averti Bourgel, qui a averti Lejeune, qui a averti on-ne-sait-qui. On les rassure. Une poignée d'heures devraient suffire à neutraliser les Affranchis, pour la plupart déjà identifiés. On leur conseille pour l'instant de s'en tenir à la surveillance rapprochée – une opération éclair, même bien préparée, comporte toujours un risque d'incendie.

Cette menace de désordre les fragilise. Leur cible pourrait s'en inquiéter, douter de leurs forces ou, pire, se laisser séduire par des Affranchis. La surveillance rapprochée monopolise leur attention, au détriment du reste des réseaux. Et si des Affranchis décidaient de migrer ailleurs ? S'ils montaient un complot ? On ne peut exclure qu'ils prennent la campagne pour cible, non par engagement politique mais pour le plaisir de troller, tester les sensibilités, pour faire rire et se faire applaudir. Thibaut sait qu'il ne faut pas mésestimer la malice de ces joueurs anonymes. Ils se foutent des conséquences réelles de leurs assauts tant qu'ils gagnent en popularité. Il est bien placé pour le savoir.

Au seizième jour, lorsqu'il retrouve DeathAngel devant l'ancienne maison de LArtiste – officiellement banni du jeu après une désertion supérieure à huit semaines –, il constate que sa recrue, en effet, paraît faiblir. L'apprenti martyr assure pourtant que sa soudaine hésitation n'a rien à voir avec l'agitation qui règne dans Parthenia. Il doute, c'est tout. C'est humain, non ? Difficile de se hisser à la hauteur de son avatar. Et si le plan échoue ? Si quelqu'un les trahit ? Il préférerait crever que finir en taule, avec tout ce qu'on raconte, là-bas, de ce qu'on fait aux gars faibles comme lui…

Anton42 tente de le rassurer. Ils paieront la caution, si c'est le cas. Au pire du pire, il prendra quelques mois. Avec sursis, bien sûr. Il suffira ensuite de faire profil bas. À l'intérieur du parti, comme partout dans Parthenia, tout le monde s'identifiera à lui – l'anonyme qui entre dans l'histoire, le militant qui s'engage pour la victoire de ses idéaux, le martyr infaillible, le martyr valeureux. Son action pourrait même recréer de l'unité au sein de la Cité quand les médias se déchaîneront contre eux, les traiteront de geeks violents et décérébrés, mépriseront par grossière analogie tous les passionnés de jeux vidéo ; alors les Fidèles tout autant que les Affranchis se sentiront insultés. Grâce à lui, l'harmonie originelle de Parthenia pourrait être restaurée.

À distance et par écrit, il lui est impossible de mesurer la réaction de sa cible. Pour évaluer l'ampleur des dégâts, il enclenche le modificateur de voix et lance un appel sur Discord.

— Salut. Tu m'entends ?

— Oui.

— Écoute, c'est normal que tu flippes. Tu t'apprêtes à accomplir quelque chose de grand. Mais bon, si tu penses que tu ne peux pas aller au bout, je comprends, dis-le-moi, on cherchera quelqu'un d'autre…

— Non, je vais le faire. Je vais aller au bout. Je me sens fatigué là, c'est tout. Et puis je me sens un peu seul dans l'histoire…

— Seul ? T'es ouf toi. T'es pas seul, on est des milliers à compter sur toi. C'est un truc de dingue cette mission, tu mesures pas je crois… Je sais que tu peux aller au bout. T'as du courage, du sang-froid, c'est pour ça qu'on t'a choisi. Tu sais quoi ? On t'admire déjà. Moi je t'admire. Bourgel lui-même t'admirera.

DeathAngel l'écoute en silence puis lui demande de décrire le plan dans les moindres détails. Anton42 s'exécute.

— Et y aura des gars à vous parmi les vigiles ? s'inquiète DeathAngel. Ils me laisseront jamais entrer avec une arme chargée sinon…

— Oui, évidemment.

— Mais comment vous allez faire pour m'exfiltrer si la foule est trop dense ? Les gens auront le temps de me prendre en photo, c'est sûr.

— Ne t'inquiète pas, on sait faire. On n'en est pas au premier coup du genre. Y a que des pros dans l'équipe. Au contraire, la foule aidera à te dissimuler. Tu seras à l'abri avant même que les gens aient retenu la couleur de ton sweat. On fait disparaître qui on veut quand on veut.

Tout est prévu, ensuite, pour qu'on ne puisse pas remonter jusqu'à eux, rappelle l'Aviateur. Ils n'ont échangé que sur Parthenia, sans qu'il soit possible de tracker leur adresse IP. La récompense sera versée en Monero. Avec ça, DeathAngel aura de quoi lever une belle meuf, du genre que tous lui envieront. Plusieurs même. Il pourra s'envoler pour Dubai, les îles Caïmans, les Émirats, n'importe où, il sera intouchable.

— Imagine un peu les palmiers, la mer, une baraque bien plus belle même que ta villa dans Parthenia, et toi peinard au bord de la piscine. Ça ferait une belle série Netflix, non ? s'amuse Anton42.

DeathAngel tousse. Anton42 l'entend déglutir.

— Ça va mieux ?

— Oui, j'ai juste avalé de travers. J'avais faim. Ça doit être bon signe, j'ai rien avalé depuis un bail.

Il n'a fallu que quelques jours pour faire circuler l'idée dans les différentes communautés infiltrées par Baptiste : acquérir le plus grand nombre possible de billets pour le dernier meeting de campagne, puis placer le hashtag #BourgelLastMeeting en top trend sur les réseaux sociaux afin de donner l'illusion d'un engouement massif. Une action sans danger mais qui le tournera en ridicule, de l'activisme à la fois bon enfant et de son temps, qui ne coûte rien puisque les billets sont gratuits. Le principal défi consiste à garder le secret au sein de ces communautés pour que rien ne filtre jusqu'aux sphères de Bourgel. Baptiste et Léa comptent sur la fierté naturelle éprouvée par celui qui se sait seul dans la confidence, et sur l'excitation ordinaire provoquée par toute préparation de surprise.

Ctrl+F5, Ctrl+F5, Ctrl+F5. Baptiste rafraîchit compulsivement la page où la billetterie en ligne doit ouvrir d'un instant à l'autre. « Encore deux minutes » l'alerte Léa, qui suit l'opération depuis le camp adverse, aux côtés de l'équipe com, dans le QG de campagne. « Dans deux minutes », relaie-t-il à ses complices. Ctrl+F5 : c'est parti. Le lien apparaît, ils se précipitent, renseignent de faux noms aux consonances ordinaires, sans faire non plus dans le Pierre Dupont ou le Paul Durand pour éviter de mettre la puce à l'oreille des autres. Tout se déroule comme prévu. En quelques heures à peine les billets sont écoulés. Ils estiment en avoir acheté plus de la moitié. Puis, lorsque #BourgelLastMeeting apparaît en top trend, Baptiste diffuse la nouvelle via ses bots intégrés dans les autres communautés : Daft Punk, Joggeurs du dimanche, Wanted Community. « Le meeting de Bourgel, plus couru qu'un concert de Beyoncé ! #SayHisName #CrazyInLoveWithDaniel », balance-t-il, accompagné d'un montage avec la tête de Bourgel sur un clip de Beyoncé. Le mème devient viral en trois heures.

« Un vrai pro », lui envoie Léa. Autour d'elle, l'équipe de campagne est survoltée. Thibaut s'empresse d'appeler Bourgel, en déplacement avec Serge dans sa circonscription pour donner le coup d'envoi d'un rallye automobile et démontrer ainsi qu'il n'oublie pas, en dépit de son indiscutable notoriété, son électorat des premières heures. Thibaut en fait des tonnes, ascension fulgurante, blablabla, évènement inédit, blablabla, encore bravo monsieur, blablabla, mais ça n'énerve même plus Léa. Elle attend qu'il raccroche puis suggère d'une voix enjouée d'ouvrir une bouteille de Roederer brut, pour célébrer ça. « Excellente idée ! » s'emporte Thibaut, qui retrouve à cet instant l'éclat de ses premiers jours.

À l'intérieur de cette pyramide tronquée recouverte de gazon tacheté, aussi laide qu'imposante, sur le site d'anciens entrepôts de vin – un produit du terroir qu'il veut promouvoir davantage encore comme signe de l'excellence du savoir-faire rural, symbole d'une reconquête aux racines profondes, éloge de la fertilité du sol national –, il attend près de vingt mille personnes. Le succès de la vente des billets en ligne, dont les trois quarts se sont écoulés en une demi-journée, l'a surpris, comme son équipe. Cet engouement à quelques jours de la fin de la campagne est bien sûr d'excellent augure. Pour ceux qui ne pourraient pas entrer, ils ont prévu une rediffusion à l'extérieur sur écran géant.

Au milieu de la fosse, sur une longue scène rectangulaire, ses soutiens politiques, de la première ou de la dernière heure, des comédiens et des chanteurs venus moins par conviction que par opportunisme, se succéderont une heure et demie durant avant son arrivée magistrale à travers la foule. La sonorisation a été réglée de telle sorte qu'au départ on l'entende à peine et que la ferveur de l'assemblée paraisse tout emporter. Il lui suffira alors de pousser la voix et l'ingénieur du son l'aidera par petites touches à reprendre le contrôle. La puissance de la technique. Mais elle ne suffit pas pour autant à créer l'orateur : il ne serait pas ici sans son indéniable talent.

Il a plusieurs fois rêvé qu'il se tenait seul sur une immense scène, les bras ouverts, avec en contrebas une foule immense, silencieuse et pendue à ses lèvres, et qu'on lui révélait ici sa grandiose destinée. La réminiscence de ce rêve suffisait à le galvaniser aussitôt qu'il entrait en piste, songeant au charisme des prophètes.

Il parlera une trentaine de minutes avant que trois coups de feu ne retentissent. Alors il se jettera à terre comme par réflexe, puis son service d'ordre se déploiera pour éviter les mouvements de panique. Le coupable sera arrêté. Il aura prouvé son courage, il ne lui restera qu'à endosser le costume émouvant du rescapé. En direct, devant toutes les rédactions. Si tout se passe comme prévu, il est certain de l'emporter. Martyr, et prophète.

Devant le miroir de sa salle de bains, au matin du grand spectacle, pourtant, Bourgel ne sourit qu'à moitié. C'est tout de même fou ce qu'il aura dû verser de malice et de haine pour être enfin adulé. Ce qu'il lui aura fallu de rancœur, d'aigreur et de dégoût pour tous les devancer. Il se demande s'il nc déteste pas désormais jusqu'au dernier de ses électeurs. Mais il a bien sûr besoin d'eux pour conclure le jeu : vaincre le roi, conquérir le palais.

Dès son arrivée, un peu tardive – inutile de se précipiter si personne ne l'attend –, elle aperçoit Thibaut devant l'entrée latérale réservée aux artistes. Elle s'approche. Les sourcils froncés, il tire de grandes bouffées sur une cigarette électronique. Il trouve étrange que la file d'attente ne soit pas plus longue, dit-il. Nouvelle bouffée, nouveau mouvement de sourcils. Elle répond avec insouciance qu'il est encore l'heure du déjeuner. Pour preuve, elle désigne du menton l'autre côté de la rue où les terrasses en plein soleil sont bondées. Il expire lentement : dans la vapeur exhalée, Léa décèle un parfum étrange, mélange de cacao et d'effluve mentholé. « Sérieusement, tu fumes de l'After Eight ? Ton mimétisme est flippant. » Sans un mot il tourne les talons et regagne la salle.

Elle s'assied au soleil sur les marches du parvis, sort de son sac à dos un poulet-crudités qu'elle engloutit en souriant, sans quitter des yeux l'écran géant qui doit servir à la rediffusion. Elle balaie du regard l'assemblée qui patiente sous des drapeaux tricolores et des pancartes assorties, « Bourgel président », « Ensemble pour la France », à peine plus dense que pour le tout premier meeting de campagne – elle s'était occupée d'à peu près tout à l'époque, des contacts avec la préfecture au choix de la musique pour l'entrée en scène. Elle envoie une photo à Baptiste, resté chez elle pour suivre et relayer les réactions en ligne. « RAS pour l'instant », répond-il.

Alors qu'elle s'apprête à son tour à entrer par la porte latérale, un groupe de journalistes l'interpelle. Elle les ignore d'abord, ainsi qu'elle a résolu de le faire de façon systématique depuis son passage à la télé en espérant que ses silences finissent par étouffer la polémique ; mais à peine a-t-elle franchi le seuil de la salle qu'elle se ravise. Elle ressort et se dirige d'un pas décidé vers eux. Elle en connaît la plupart, se méfie de tous, sans aigreur, c'est le jeu ; aujourd'hui, jouer lui convient.

— Bonjour madame Ziani. Alors, quelle est l'humeur ? l'interroge l'un d'eux, T-shirt noir, crâne chauve, qu'elle côtoie depuis longtemps.

— Excellente, comme vous pouvez l'imaginer. On attend beaucoup de monde.

— Oui, j'ai entendu que la billetterie avait été prise d'assaut. Quel est l'état d'esprit de monsieur Bourgel ? reprend une autre journaliste.

— Je ne l'ai pas vu pour l'instant, mais je l'imagine à la fois serein et combatif, comme d'habitude. Attendez-vous à une démonstration de force.

— Vous pensez que ce meeting peut être un moment de bascule pour vous apporter les deux points qui vous manquent encore dans les sondages et assurer votre place au second tour ? lance une troisième, en chemise vert sapin, les cheveux tirés en arrière.

— Nous l'espérons, répond Léa après un court silence, en affichant un large sourire d'une duplicité indétectable.

— Et ça ne vous inquiète pas qu'il y ait encore si peu de monde alors que les portes viennent d'ouvrir ? l'interroge le premier en caressant son crâne luisant.

— Je reconnais bien là votre optimisme, tacle Léa, en déclenchant le rire des deux autres. C'est bien vous qui prédisiez à Grenoble que Bourgel n'avait pas d'avenir sans parti, non ? Remarquez, le pessimiste n'est jamais déçu…

Elle s'éloigne pour rejoindre les coulisses – 14 h 30, lui a-t-on dit, le temps de la maquiller ; ils ont prévu de l'installer sur la scène, au premier rang sur la gauche, près du candidat. À peine l'aperçoit-il que Thibaut lui tombe dessus – « Pourquoi tu parles aux journalistes maintenant ? C'est la merde, là… » –, puis sans attendre reprend sa course, ses irremplaçables téléphones vissés à tour de rôle sur l'oreille. Autour d'elle, tous s'agitent. Elle s'adosse contre un mur pour contempler le spectacle de cette cour affolée tout en faisant semblant d'être affairée pour qu'on la laisse tranquille – fronce les sourcils, l'air concentré alors même que défilent sous ses yeux des vidéos de smurf et de popping.

Elle les trouve ridicules. Un simple coup de pied dans la termitière, un banal raid en ligne pour que tout s'écroule : un quasi-jeu d'enfant.

Elle se faufile entre les corps qui se croisent et se bousculent dans le couloir menant à la scène. Là, portée par une allégresse qu'elle peine à dissimuler, elle entrouvre le rideau latéral… « Surprise », voudrait-elle murmurer. Elle sourit.

En dépit de quelques milliers de personnes, dont une large part disséminée dans les gradins, la salle paraît immense et vide. Presque trop facile.

Elle entend des rumeurs, Bourgel hésiterait à annuler mais, trop tard, le coup est parti, fulmine Serge, tous les médias sont déjà là, caméra au poing. On raisonne le candidat, il va falloir entrer en scène, les plus fervents l'appellent déjà, il ne faut pas les décevoir, on privilégiera les rediffusions sonores – Thibaut ordonne de démonter au plus vite l'écran géant à l'extérieur. Serge apporte à boire, du gin, des glaçons. Il assure que c'est l'occasion de démontrer ses talents d'homme de scène, qu'il n'est jamais aussi bon que dans l'adversité. Bourgel boit, laisse dire, peut-être que…

Ils n'ont plus le temps d'adapter la scénographie aux circonstances. Les haut-parleurs commencent à cracher Van Halen. Léa se tient toujours là, derrière le rideau, prête à savourer sa victoire. Dans tous les cas, Van Halen, même avec une salle remplie, ça partait mal, évidemment qu'il faut faire évoluer la bande-son au fil de la campagne. Comme elle l'espère, cette orchestration pompeuse pour une entrée en catimini par le rideau latéral – il ne veut pas avoir à traverser l'interminable fosse qu'on décrira comme déserte – est grotesque. Elle sourit, se reprend vite pour ne pas être démasquée.

À peine arrivé au pupitre, il s'empresse de parler, ose un « Bonjour mes amis… merci de cet accueil exceptionnel ! », passe sous silence la suite, le « vous êtes si nombreux », crie tout de même comme s'il y avait des hourras à couvrir. Sa voix résonne, trop : le régisseur plateau lui fait signe de parler moins fort. Il reprend, bafouille, se perd entre les lignes de son discours. Léa s'empresse de jeter un œil à Twitter qui est déjà lancé : « Cliché d'un meeting fantôme par le maître de l'épouvante » ; « Nostradamus et son meeting apocalyptique » ; « Des soutiens si cachés que personne ne les voit ! »

La suite ne la déçoit pas. Incapable d'improviser, Bourgel déroule le récit de son irrésistible ascension, lui, le grand rassembleur, cette vague qui déferle, ce raz-de-marée qu'ils ne peuvent plus ignorer même s'ils ne veulent pas le voir, il loue la force du nombre plutôt que le pouvoir de quelques-uns, mais rien ne prend, l'ironie est trop flagrante, l'échec du rassemblement trop grand pour que l'illusion fonctionne.

Elle aimerait tout filmer, si fière de sa mise en scène. Après s'être assurée par coups d'œil à trois cent soixante degrés que personne ne l'observe, elle ressort son téléphone et envoie à Baptiste un second cliché. « Opération meeting fantôme : *completed* », s'autorise-t-elle enfin.

Baptiste répond « J'arrive », suivi d'un emoji d'applaudissements, avec un effet visuel de feux d'artifice dont elle croit percevoir au même instant les détonations.

— Alors, tu remarques rien ?

— Non.

— Sérieux ?

Baptiste hausse les épaules. La légèreté de Christopher, qui l'invite à prendre un verre après l'avoir ghosté pendant des mois sans explication ni excuse préliminaire aurait pu l'irriter. Étrangement, il s'en fout.

Cela vient sans doute de ses discussions avec Léa. Il a toujours senti que son amitié pour Christopher ne le montrait pas sous son plus beau jour. Pas surprenant pour une meuf, s'était-il dit au départ. Et puis elle ne savait pas tout. Mais lorsqu'il avait cédé un soir et lui avait montré le site de Christopher, le charisme de son ancien ami s'était définitivement trouvé pulvérisé : alors qu'il s'attendait à ce que Léa se mette en colère, elle avait ri. Elle avait regardé chaque photo, chaque article et vidéo comme s'il s'était agi d'une parodie. D'un seul coup, ce qu'il avait un jour considéré comme instructif quoique caricatural lui avait paru grotesque.

Christopher se tourne de profil.

— Et là ?

— Nan. Toujours pas.

De profil, Baptiste voit maintenant très bien : son nez. La bosse a disparu. On dirait qu'il a raccourci. La pointe est un peu recourbée. Plutôt joli. Mais la déception de Christopher devant son manque de réaction lui procure trop de plaisir pour s'arrêter en si bon chemin.

— Ton oreille ? T'as raccourci un peu ta coupe ? On la voit davantage…

— OK, tu te fous de ma gueule.

Baptiste éclate de rire et postillonne sa bière sur le T-shirt blanc de Christopher.

— Putain, tu soûles ! Je sors après. Je vais avoir l'air d'un clochard.

— Ça va, détends-toi, on voit rien. Un peu comme ton nez en fait…

— T'es vraiment un crevard. T'as pris la confiance on dirait.

Baptiste le sent : Christopher est surpris plus encore qu'agacé par l'aplomb de son ancien disciple.

— Vingt mille dollars, mec. Sans compter les billets d'avion. Mais ça valait le coup, tous ceux qui me connaissaient avant le remarquent.

— T'es allé où ?

— Indianapolis. Un délire. C'est un mec du forum qui m'a filé le nom d'un chirurgien là-bas. Un spécialiste des opérations du visage.

— C'est pour ça que t'as disparu ?

— Non, au départ je t'ai plus répondu parce que tu m'as soûlé. Au mariage, là, t'as vraiment fait ta pute... Zéro soutien devant Bourgel, et puis ensuite je t'ai observé de loin, quand tu draguais cette meuf...Mais après, ouais, je me suis barré pour l'opération. C'était prévu depuis longtemps, ça prend un an d'avoir un rendez-vous. Je voulais en parler à personne avant, au cas où ça foire, tu vois...

— Et pourquoi tu t'es barré de Parthenia ?

— Au retour des États-Unis, je me sentais changé. C'est dur à expliquer mec, mais je suis plus le même homme. Et il se trouve qu'à ma première reconnexion un type est venu me proposer de racheter mon domus. J'y ai vu un signe. Et puis avec un tel nez, c'est quand même con de rester enfermé...

En même temps qu'il en parle, Christopher le caresse, le pouce et l'index de part et d'autre de l'arête, de haut en bas le long des ailes, ses doigts s'écartent au niveau des narines puis, en sens inverse, se rejoignent à la racine. Plusieurs fois. Baptiste observe combien ce geste l'apaise et le satisfait.

— J'y étais pas du tout. Quel con ! J'ai tout imaginé. Et je me suis demandé si t'avais pas changé d'avatar. Je t'ai même pris pour DeathAngel.

— Death quoi... ? Ça me paraît tellement loin ! Je crois que mon compte a même été désactivé. Et toi, qu'est-ce que tu fais à Paris ? T'as déménagé ?

— Non. J'habite chez une copine. Mon père avait besoin du studio. Mais je rentre bientôt.

— Cool.

Non, pas cool. Christopher ne pousse pas plus loin puisqu'il n'en a pas grand-chose à foutre, mais Baptiste n'a aucune envie de rentrer chez lui. Squatter l'appart de Léa n'est évidemment plus possible. Pour éviter qu'ils ne se marchent sur les pieds, ces derniers temps, elle a souvent dormi chez Gabrielle – Baptiste ne l'a pas rencontrée mais connaît son prénom. Il doit s'en aller aussitôt que Léa aura démissionné. Il voudrait trouver un studio à Paris. Celui de son père est à nouveau libre mais l'idée d'y retourner le déprime. Pas d'autre choix que de trouver un vrai boulot.

Alors que Baptiste s'apprête à rejoindre Léa pour savourer ensemble leur victoire, un texto fait sonner sa poche. Le nom de Jérôme s'affiche sur l'écran. « Quoi qu'ils disent, ne t'inquiète pas. Perdre tout espoir, c'est cela, la liberté. Le Duce veille sur moi. Elles se souviendront de DeathAngel. »

Un, deux, trois bruits sourds.

Silence.

Une, deux nouvelles détonations.

Cette fois-ci des cris, des hurlements lointains.

Dans la poche intérieure de sa veste, son téléphone vibre. Un SMS de Gabrielle : « Tout va bien ??? Réponds stp. Et ne bouge surtout pas si tu es en sécurité. »

Plus rien. Le service de sécurité la bouscule, se précipite vers Bourgel pour le ramener en coulisses. Les écrans s'allument presque tous au même instant. ALERTE INFO.

La panique se lève sur la foule présente. Des mouvements saccadés et brutaux – sortir, rester cachés à l'intérieur ? –, les hésitations alimentent le désordre, on trébuche, on se bouscule à terre, on se piétine, on se sauve comme on peut.

Léa ne bouge pas, toujours derrière le rideau latéral de la scène. Un appel de Gabrielle, elle décroche :

— Putain, ça va ? Tu es où ? POURQUOI TU RÉPONDS PAS ? hurlé à ses oreilles.

Léa ne comprend rien, non elle n'a pas reçu, elle, d'alerte info.

— Calme-toi. Explique-moi, Gabrielle, putain reprends ton souffle, je capte rien.

— Un taré vient de tirer… C'est atroce, y a du sang partout… J'étais juste à côté pour un rendez-vous…

Gabrielle s'effondre en larmes.

— Dis-moi où t'es, je te rejoins tout de suite, reprend Léa.

Gabrielle renifle au bout du fil, une fois, deux fois, se mouche, se ressaisit.

— Non, surtout pas. Si t'es à l'intérieur, ne bouge surtout pas. Le mec s'est fait descendre je crois, mais ils sont peut-être plusieurs…

Elle se précipite sur Twitter où des spéculations sur l'identité de l'agresseur circulent déjà. Il s'agirait d'un homme d'une trentaine d'années, là-dessus tous s'accordent avec une photo floue à l'appui, et les paris sur les motifs sont lancés – il est question de drogue, de terrorisme, de schizophrénie, de néonazisme, d'indépendantisme et d'attentat anarchiste. Léa tente de joindre Baptiste, plusieurs fois. Il ne décroche pas.

La voiture est garée derrière les barrières de sécurité. Il observe. Transpire. Abondamment. Avec une arme, aucune chance qu'on le laisse entrer. Il faut trouver une autre idée. Un mec de la sécurité, là-bas, a l'air louche, n'arrête pas de le téma. Peut-être qu'il a remarqué sa sudation bovine. Il doit réussir à ralentir son rythme cardiaque, comme à l'entraînement : il inspire, un, deux, trois, bloque, un, deux, trois, expire, un, deux, trois, reprend le cycle. Il a travaillé avec sérieux sa respiration pour garder son sang-froid, être capable de viser sans trembler. La méditation, le cardio et les podcasts d'un apnéiste. Là, tout de suite, ça fonctionne moyennement.

Le type continue de le regarder. Ça l'énerve. Ça l'angoisse même. Il s'enfonce dans son fauteuil et relève son col.

« Opération annulée, a-t-il reçu vers 13 heures, de la part d'Anton42. Tu seras payé. Rien ne change. Reste chez toi. » Ça l'a foutu dans une colère noire. Des semaines qu'il se prépare, vingt-quatre heures qu'il s'est enfermé dans cet Airbnb pourri, en attendant le signal.

Et ce qu'il avait déjà avalé à cette heure-là pour se donner du courage n'était pas compatible avec le fait de rester en place. Il a sauté dans sa voiture. A commencé à rouler en direction du meeting. Il trouverait une idée en chemin pour leur faire comprendre qu'on ne le traite pas comme ça, comme un chien, qu'on ne le cancel pas en trois phrases, pas comme ça.

Il la repère, là-bas, près de l'entrée des artistes, la brune de Bourgel dont Baptiste lui a parlé. Elle regarde autour d'elle, cherche quelqu'un semble-t-il. Il pourrait, sur elle, une balle dans la cervelle, ça lui ferait tout drôle, à Baptiste. Il a l'impression qu'elle le fixe. Il croirait même qu'elle sourit. Vite, il enfonce sa casquette en attendant qu'elle se détourne.

Il a chaud. Atrocement chaud. Même immobile, il halète comme en plein sprint. Sa bouche est sèche, son dos trempé. C'est donc ça qu'on ressent, IRL, dans la peau du guerrier ?

Il hésite tout de même un instant à rentrer chez lui, obtempérer aux ordres, prendre le fric promis, se casser. Mais si tout ça n'était qu'une ruse – il est certain que la brune le fixait, à l'instant, le défiait même – et si Anton42, le Duce, tout Parthenia, et elle bien sûr, cette caricature de jeune fille, si tous avaient comploté contre lui ? Anton42 l'a balancé, c'est sûr, putain de traître… Trop tard maintenant, trop tard pour chercher à comprendre, il faut bien qu'il soit arrivé jusqu'ici pour quelque chose, il va descendre Bourgel, la brune, et les autres : quitte à se faire coffrer autant marquer l'histoire, il va les venger, tous, comme ER avant lui, puis il sera sanctifié, ou haï, il s'en fout au fond.

Il a tout de même une pensée pour son vieux copain. Envoie un SMS pour le prévenir. La gueule qu'il fera quand il verra la statue de DeathAngel en plein centre de l'Agora, face à celle du Duce.

Il ouvre sa portière, marche d'un pas rapide vers l'entrée principale. Des gouttes perlent sur son front, s'accumulent au-dessus de ses lèvres, sa vision n'est plus très nette, tout bouge, les contours sont flous, les couleurs trop vives. Il n'est plus capable de viser. Il n'aura qu'à tirer au hasard, en enveloppant l'arme d'une main moite.

Devant lui, un peu loin, un groupe de femmes, au-dessus de leurs têtes de grands rectangles noirs, il entend ce qu'il perçoit comme des hurlements dans un mégaphone, des phrases qu'il ne comprend pas. Il croit les voir approcher à grands pas. Elles sont après lui. C'est sûr, elles le cherchent. Il ne va pas se laisser faire. C'est à cause d'elles, tout ça, depuis le début, qu'il est seul, oui c'est à cause d'elles qu'il est seul, qu'il a toujours été seul et qu'il devient fou.

Il faut bien que tout ça se termine.

Sa main est si crispée sur son arme qu'elle en devient douloureuse. Il ne parvient plus à décoller ses doigts de la poignée du revolver. Il le tire de la poche ventrale de son sweat-shirt. Tend son bras. Ferme un œil.

Un.

Deux.

Trois.

La première pression est étrange. Les suivantes en découlent. Son bras vengeur ne distingue pas, L1, viser, R1, tirer, le souffle de chaque détonation, ses muscles durs comme de la pierre et son corps léger, aérien, invincible et puissant, juste avant d'entendre des échos de tirs en retour.

Un, deux.

Lorsqu'il s'écroule, il ne ressent plus rien, ne redoute plus rien. Et juste avant le noir total, formule un dernier vœu : que quelqu'un ait filmé la scène.

ACTE 5

λύτρωσις

La foule est dense devant le stand des créateurs indépendants. Ce samedi après-midi à Cape Town, à l'occasion de la dixième édition de l'Africa Games Week, la créatrice de jeu lauréat du prix « Jeune Espoir » est mise à l'honneur. Le trailer a dépassé le million de vues en une semaine à peine. Il se dit que cela tient beaucoup à la qualité des cinématiques et à l'originalité du scénario, qui offre deux gameplays complètement différents, dans deux mondes opposés. Il se murmure aussi que cette Franco-Tunisienne aurait des « connexions » pour avoir travaillé un temps pour un homme politique français. D'autres prétendent qu'elle est récompensée au seul motif de son sexe, et qu'il est bien dommage que cette industrie ait été désormais conquise par le politiquement correct.

À sa mère venue l'écouter, Lya paraît étonnamment sereine ; économe de ses mots, visiblement un peu éblouie par les projecteurs, mais fière, si fière de défendre sa création. La vieille dame la fixe sans cligner des paupières, sans égard pour les regards curieux posés sur elle, certainement surpris qu'une femme de son âge se mêle à cette jeune foule. Ils n'ont pas tort puisqu'elle ne comprend toujours rien à cette passion virtuelle. Elle admire pourtant sans réserve : sur scène, enfin, sa fille est triomphante.

La journaliste qui l'interroge ne cache pas non plus son enthousiasme, en témoigne le rythme haletant de ses questions. Depuis quel âge joue-t-elle ? Quel a été son premier jeu ? C'est si rare, une femme dans ce milieu… D'où cette idée lui est-elle venue, de développer en parallèle deux mondes possibles, l'un dans la plus pure tradition *GTA* – *GTA* version féministe, pourrait-on dire, puisque c'est une héroïne qui devient vengeresse sanguinaire –, l'autre héritier des meilleurs open worlds fantastiques ? Est-ce difficile à financer, quand on connaît le machisme des distributeurs ? Les choses changent si lentement… Croit-elle que l'univers du jeu vidéo est encore un espace politique à conquérir ? Pense-t-elle en créer d'autres ? Comment donner envie à d'autres jeunes femmes d'entrer dans cette industrie ?

Léa prend quelques secondes de réflexion puis répond. Oui, il s'agit d'espaces politiques. Les jeux ont contribué à façonner son imaginaire. Pas seulement, d'ailleurs : ils ont aiguisé son sens de l'action. Elle a toujours préféré les gameplays centrés sur l'aventure, même si les jeux de gestion peuvent être politiques. Non, ce n'est pas simple pour une fille, c'est vrai. Peut-être qu'à cet égard la plus grande jeunesse de l'industrie vidéoludique africaine lui autorise davantage d'émancipation, mais les clichés sexistes ont le cuir dur. Ce n'est pas impossible non plus : elle en est la preuve. Il faut se lancer, dit-elle. Elle aime relever les défis, pense que tout est à inventer. Les gens n'imaginent pas leur pouvoir – à ce mot, elle s'arrête et laisse s'installer un silence.

Il n'est plus si difficile de créer de petits jeux indépendants, reprend-elle, d'inventer des mondes alternatifs, d'en définir les règles. Elle cite en exemple des noms de moteurs de jeu accessibles et gratuits.

L'idée des deux mondes, quant à elle, est née de son goût pour les livres dont vous êtes les héros. Et sans doute de sa propre personnalité dit-elle, « face A/face B ». Elle croit fermement au pouvoir de la violence cathartique, surtout pour des jeunes femmes qui n'auraient pas l'habitude de s'y confronter. Mais elle est aussi profondément attachée à la créativité imaginaire que permet le jeu vidéo. Y a-t-il plus puissante matrice d'utopies ? Incapable de choisir, elle a voulu développer les deux, et laisser le joueur choisir. Et puis deux jeux pour le prix d'un, de quoi pourrait-on se plaindre, n'est-ce pas ? L'intervieweuse sourit.

Avant de conclure, elle rappelle qu'elle n'a pas travaillé seule. Elle s'appuie sur une équipe extrêmement engagée, salue chacun de ses membres un à un. Baptiste, en premier lieu, qui malheureusement n'a pas pu, ce soir, l'accompagner sur scène.

La journaliste la remercie et la salle l'applaudit longuement jusqu'à ce que les lumières s'éteignent et que l'écran géant s'allume.

Un lit king size aux draps clairs encastré dans une bibliothèque noire. Une lumière vive et mordante qui magnifie les contrastes. Dans le cadre de la porte-fenêtre entrouverte sur un minuscule balcon, une silhouette de femme. Dans l'ombre, immobile et vêtu – costume marine, chemise bleu ciel –, un corps allongé. Immobile, ce corps, mais non inerte : la poitrine se soulève, si l'on regarde bien, et des narines s'échappe un léger sifflement. Les poings de l'homme – il s'agit d'un homme – sont liés. Sa bouche, bâillonnée ; ses yeux, couverts d'un bandeau noir.

Assise sur une chaise dans une semi-obscurité, à l'écart de la couche et du balconnet, une troisième personne observe.

La femme termine une cigarette. Les fossettes creusées de part et d'autre du fin cylindre trahissent son impatience.

L'homme se débat. Il ne crie pas. Tente avec obstination de faire céder les cordelettes autour de ses chevilles et poignets. Après une longue minute à remuer tel un brochet au bord de l'asphyxie, il hurle, impuissant ; les décibels s'évanouissent dans le torchon.

Elle propulse son mégot d'un geste sec au-dessus du balcon. S'approche. Elle dénoue le bandeau.

Il la fixe, ahuri.

Elle se penche vers un sac de sport dont elle ressort un long couteau. Laisse un rayon de soleil s'y réfléchir, maîtresse de sa mise en scène.

Il la regarde avec effroi : au centre d'un visage impassible, les yeux translucides de la jeune femme brillent d'une lueur étrange.

Elle repose son arme.

Se penche à nouveau, en extrait à présent de grandes aiguilles luisantes. Treize en tout : une pour chacun de ses orifices et extrémités. Elle repense à l'image de cette dagyde antique, une femme agenouillée et ligotée, percée de treize épingles, retenue prisonnière dans une vitrine du Louvre. Une sorte de poupée vaudou.

À son tour d'exorciser.

Elle brandit ensuite un flacon aux formes sinueuses, d'un verre épais, surmonté d'un bouchon sculpté – une tête de créature mythologique, semble-t-il. Elle le dépose sur un plateau, à sa droite, puis en contemple les reflets changeants, nuances de bleu profond ou de vert émeraude en fonction de la lumière.

Il respire difficilement. Commence à pleurer.

« Alors voilà, nous y sommes. Il semble que vous avez perdu, Mister B. Je vous en veux infiniment. Mais la vengeance est un plat qui s'accommode de plusieurs façons… »

L'image se fige. Sur le bandeau inférieur de l'écran, au centre, un message apparaît :

« À toi de choisir la suite de l'histoire.

Clique sur le sabre pour une vendetta spectaculaire et sanglante
– adrénaline garantie,

Clique sur les aiguilles pour convoquer spiritisme et sorcellerie
– une vengeance à bas bruit.

Clique sur le flacon pour propulser Mister B. au pays des Chimères
– tout un monde à construire. »

La flèche glisse vers le sabre, hésite, tournoie autour des aiguilles avant de se déplacer vers le flacon…

Press ENTER to continue.

Postface

Le 23 mai 2014, dans le comté de Santa Barbara, en Californie, un jeune homme de vingt-deux ans tue six personnes et en blesse quatorze avant de se suicider. Il laisse à la postérité un manifeste, *My Twisted World*, dans lequel il attribue toute « [sa] souffrance sur cette Terre » aux femmes. Il devient un héros martyr pour la communauté incel.

Le 7 décembre 2017, au Nouveau-Mexique, un garçon âgé de vingt et un ans fait deux morts avant de se suicider par balle. On retrouve sur Internet ses apologies du « gentleman suprême » de la tuerie de Santa Barbara.

Le 28 avril 2018, à Toronto, un homme de vingt-cinq ans commet un attentat à la voiture bélier qui tue dix personnes et en blesse seize autres. Quelques heures avant son passage à l'acte, on pouvait lire sur son Facebook : « La rébellion des incels a déjà commencé. »

Le 13 août 2021, à Plymouth, en Angleterre, un garçon de vingt-deux ans ouvre le feu sur sa mère dans l'appartement familial puis tue cinq personnes dans les rues et le parc voisin et en blesse deux autres. Son compte Facebook et sa chaîne YouTube, comportant de nombreuses références à l'idéologie incel et à la « pilule noire », seront fermés.

Il s'agit du premier attentat incel sur le continent européen.

Le 21 mai 2024, près de Bordeaux, un individu de vingt-six ans est interpellé après avoir diffusé un « message inquiétant » sur les réseaux sociaux laissant entendre qu'il préméditait une tuerie de masse lors du relais de la flamme olympique. Il n'a aucun antécédent judiciaire. Les premières investigations mettent en évidence son intérêt pour la mouvance incel.

On peut penser que la folie meurtrière se passe de banderoles. Pourtant, la haine proférée avant de passer à l'acte – misogyne, homophobe, raciste – a des racines culturelles profondes (sans nier le terrain fertile que constituent l'isolement et le désespoir).

Ce sont les mercenaires d'une armée qui ne faiblit pas et compte même dans ses rangs des soldats qui s'ignorent. Des fantassins qu'on prend rarement au sérieux tant que leur apologie de la violence, leurs cyberattaques ou leurs appels au crime paraissent virtuels. Pendant ce temps, dans le monde réel, certains de leurs puissants colonels conservent ou conquièrent le pouvoir, presque sans effort.

Remerciements

À Vanessa Springora, pour avoir accompagné ce livre à ces balbutiements et décelé, si tôt, les fils à tirer ;

à Raphaël Alarcon, Anne-Sophie Leroux, Vidya Narine et Daphné Skandalis, pour leur soutien, leurs remarques pertinentes et toujours constructives – qu'il est précieux d'avoir pu compter sur vous ;

à Élise Thiébaut, dont l'enthousiasme a été décisif pour que je continue d'y croire ;

à Catherine Nabokov – quelle chance de t'avoir pour doula littéraire à mes côtés – et à Grégory Messina, dont le sourire laisserait presque croire que le monde littéraire est doux ;

à Dana Burlac et Flandrine Raab, pour avoir accueilli *Parthenia* avec tant d'envie et d'intelligence et, bien sûr, pour la confiance témoignée en lui permettant d'ouvrir l'aventure des Léonides – ainsi qu'à toute la formidable équipe qui les accompagne ;

à mes parents, mes deux frères et ma sœur ;

à ma femme et à nos deux fils, pour leur amour et celui qu'il m'inspire.

Lexique

AFC : *average frustrated chump*. Désigne un garçon qui n'a pas confiance en soi et ne pratique pas encore le jeu de la séduction.

ASD : *anti-slut defense*. Mécanisme de défense qu'utilise une fille ne se laissant pas séduire facilement, et qui se traduit par une posture méfiante, distante.

Betabux : *beta bucks*. Désigne un homme choisi par une femme en raison de sa stabilité financière plutôt que pour son charisme ou son attractivité physique.

Buff : sort ou pouvoir qui permet au joueur d'acquérir ou de renforcer des compétences.

DHV : *demonstration of higher value*. Le fait, pour un séducteur, de se mettre en valeur, par certaines qualités associées à un statut élevé (assurance physique, aisance à l'oral, large réseau social, etc.).

Doxxing, doxing : technique de cyberharcèlement qui consiste à divulguer les données personnelles d'une personne dans le but de lui nuire.

EC : *eye contact*, « contact visuel ». Sert à attirer l'attention de quelqu'un, dans un objectif de séduction.

Femoid : contraction de *female* et *android*. Terme utilisé pour déshumaniser les femmes en les réduisant à des êtres inférieurs ou robotiques.

Fortnite : Jeu vidéo en ligne dans lequel cent joueurs s'affrontent sur une île jusqu'à ce qu'il n'en reste qu'un. Tous les joueurs commencent avec une seule pioche puis doivent ramasser des armes et construire des tours pour se protéger. Les joueurs peuvent en outre personnaliser leur apparence en achetant des *skins* – des tenues sans impact sur le jeu mais très populaires.

IRL : *in real life*. Désigne la vie réelle, par opposition à la vie virtuelle à l'intérieur des jeux vidéo.

Leveling : désigne la montée en niveau d'un personnage dans un jeu vidéo.

LoL : abréviation du jeu *League of Legends*. Dans ce jeu en ligne, deux équipes de cinq joueurs s'affrontent pour détruire la base ennemie. Chaque joueur contrôle un personnage unique avec des compétences spécifiques. La coopération et la stratégie sont essentielles pour gagner.

Mème : désigne un élément (texte, image, vidéo) généralement parodique diffusé de façon massive sur Internet.

Monero : cryptomonnaie, comme le Bitcoin. Elle a pour spécificité d'être l'une de monnaies les moins traçables actuellement, en garantissant par défaut l'anonymat de ses utilisateurs.

MP : message privé.

Neurchi : verlan de « chineur », issu du verbe « chiner ». Sur Internet, les « neurchis » sont des groupes fermés créés sur la plateforme Facebook dans lesquels des internautes échangent des contenus (photos, images, textes) à propos d'un sujet qui les rassemble – un personnage (« neurchi de Tintin »), un « concept » (« neurchi de réflexions sous la douche »), un objet (« neurchi de tickets de caisse »), etc. Certains peuvent regrouper des centaines de milliers de membres.

TBH : abréviation de *to be honest.*

VPN : *virtual private network*, ou réseau privé virtuel en français. Logiciel qui permet à son utilisateur d'obtenir une nouvelle adresse IP d'emprunt, c'est-à-dire de naviguer sur Internet de façon anonyme.

WoW : abréviation du jeu *World of Warcraft*, jeu en ligne dans lequel les joueurs explorent un monde fantastique, accomplissent des quêtes, coopèrent et s'affrontent.

Table des matières

Directrice des éditions Les Léonides : Dana Burlac
Éditrice : Flandrine Raab
Attachée de presse : Manon Kauffmann
Directrice commerciale : Camille Tomasicchio
Directrice artistique : Raphaëlle Faguer
Préparateur de copie : Guillaume Müller-Labé
Correctrice : Sophie Roller
Fabricants : Jenny Moulard & Vincent Châtelet
Mise en pages et composition : Nord Compo à Villeneuve-d'Ascq

Illustration de couverture : « Young naked man sitting
on the edge of the sea. Thinker in a in a fetal,
slumber position of protection and reflection », 1836.
Oil on canvas painting by Hippolyte Flandrin (1809-1864),
1836. 0,98 x 1,24 m. Louvre Museum, Paris.

Imprimé en France par CPI
en mai 2025
Numéro d'impression : 183999